Holly Bell

# Wunder in Marineblau

# Holly Bell

# Wunder in Marineblau

Gay Romance



Verlag: BoD · Books on Demand GmbH,
Überseering 33, 22297 Hamburg, bod@bod.de
Druck: Libri Plureos GmbH,
Friedensallee 273, 22763 Hamburg
ISBN: 978-3-8192-6385-9

Über den Autor:

Holly Bell ist das Pseudonym zweier Autoren, D. Holly und Eden Bell. Sie vereinen das Beste aus beiden Ländern, Deutschland und Österreich und sind im Hardcore-Bereich genauso zuhause wie auch im Romance-Sektor. Neben der Wiederveröffentlichung bekannter Klassiker ist auch der Release von neuen Romanen und Serien geplant.

George

Für viele in meinem Alter wäre es ein Albtraum. Ich habe mich aber daran gewöhnt, dass ich meine

Samstagabende im Supermarkt meiner Eltern verbringe und nicht wie die meisten High-School-Jungs auf Partys am Marina Beach.

Mein Name ist George, ich bin 16 Jahre alt und ich bin das einzige Kind meiner Eltern. Meine Familie ist tief verankert in Marina, einem wunderschönen kleinen Küstenstädtchen, etwa neun Kilometer entfernt von Monterey, dem Ort, wo ich zur High School gehe. Die meisten kaufen bei den großen Diskontern in Monterey ein und wir sind eher so der Laden für die vergessenen Kleinigkeiten, die frischen Brötchen am Wochenende oder für die älteren Leute, die es nicht mehr nach Monterey schaffen.

Da wir das einzige Lebensmittelgeschäft in Marina sind und der Ort mit etwas über 22.000 Einwohnern nicht ganz so winzig ist, kommen wir mehr als gut über die Runden und wenn ich ehrlich bin, frage ich mich bis heute, wieso keiner auf die Idee kommt, einen zweiten Supermarkt zu eröffnen und sich einen Teil vom Kuchen zu holen, aber immerhin finanziert mir der Laden den High School Alltag mit, von daher werde ich sicher niemanden auf diese Idee bringen.

Meine Eltern sind an sich eher konservativ und so war mein Coming-out für mich ein Moment, in dem ich damit gerechnet habe, dass meine Eltern mich aus dem Haus werfen, aber zu meiner Überraschung haben sie es gut aufgenommen, vermutlich hat es sie sowieso nicht überrascht, denn ich habe mich noch nie für Mädchen interessiert, stattdessen bin ich schon immer eher offensiv damit umgegangen, dass ich auf Kerle stehe. Das Schlimmste an meinem Coming-out war für sie vermutlich die Gewissheit, dass der

Familienname aussterben wird, denn wenn der einzige Sohn schwul ist, war es das mit dem Familienstammbaum.

Ich bin niemand, der sich über seine Sexualität identifiziert, für mich ist Schwulsein nicht meine Lebensaufgabe, aber ich verstecke mich nicht und wer mich fragt, bekommt eine klare Antwort. Ich bin ein guter Schüler, einige bezeichnen mich sogar als Nerd, aber mir macht das Lernen Spaß und gerade während der ruhigen Zeiten im Laden sind die Bücher teilweise meine besten Freunde.

Meine ersten Erfahrungen habe ich bereits gesammelt, allerdings waren es immer nur One Night Stands und auch diese kann ich an etwas mehr als einer Hand abzählen. Solche kurzweiligen Erlebnisse sind für den Druckabbau ganz nett, aber ich würde mich wirklich gerne einmal verlieben, auch wenn ich mir nicht vorstellen kann, was passiert, wenn ich meinen Eltern meinen ersten richtigen Freund vorstelle, geschweige denn mit ihm Sex habe in diesem Haus – Tür an Tür mit meinen Erzeugern.

Heute ist wieder einer der Tage, wo meine männlichen Schulkameraden an ihrer Körperbräune arbeiten, denn wir haben draußen Temperaturen um die 30 Grad und ich bin froh, dass die Klimaanlage im Supermarkt läuft.

Dadurch, dass die meisten ihre Freizeit lieber im Garten mit Grillen oder am Strand verbringen statt nach Monterey zu fahren, ist der Tagesumsatz wirklich gut und ich habe ganz schön damit zu tun zu kassieren, neue Ware auszuräumen und Smalltalk mit den Kunden zu führen.

„Ist deine Mutter auch hier?", höre ich ein krächzendes Quieken und ich weiß sofort, dass die Stimme zu Mrs. Miller gehört. Ich rolle, ohne dass sie etwas mitbekommt, die Augen und schüttle den Kopf.

„Nein ich bin heute Abend alleine. Es ist ja eh bald Feierabend", gebe ich monoton zurück und die schon leicht ergraute Lady schaut unsicher und ich muss mir ein Lachen hart verkneifen.

Ich kenne Mrs. Miller seit meiner Geburt und was ich auch bestens kenne, ist ihr Menstruationszyklus.

Sie kommt jedes Mal, wenn sie ihre Tage hat, in unseren

Laden, denn sie würde sich niemals ihre Tampons in einem der großen Supermärkte in den Einkaufswagen legen. Hier hat sie dann ab und zu nur das Problem, dass ich an der Kasse stehe und das ist dann ihr Supergau. Der Blick von ihr wechselt zwischen den Tampons und mir hin und her und dann greift sie sich eine Packung, wickelt sie in eine Rätselzeitung und legt mir beides aufs Pult. Ich tippe den Preis von den Tampons und dem Magazin ein, ohne die Ware anzufassen und kassiere ab.

„Ich wünsche Ihnen ein schönes Wochenende", rufe ich Mrs. Miller nach, die normalerweise immer noch ein Schwätzchen hält und mich über ihre Nachbarn ausfragt, es sei denn, sie kauft Tampons. Dann verlässt sie den Laden nämlich, als wäre der Teufel höchstpersönlich hinter ihr her.

Ich bereite schon alles für die Kassenabrechnung vor, als zwei Minuten vor Feierabend die Tür aufgeht

und ein Typ den Laden betritt, den ich von der Schule her kenne. Floris.

Floris ist genau das Gegenteil von mir. Er hat das Zeug zum Star, ist sportlich, trainiert, ein echter Sunnyboy, der Schwarm aller Mitschülerinnen und sicher auch einiger Burschen. Und was uns auch unterscheidet, ist die Tatsache, dass er strohdumm ist und ihn nicht einmal seine sportlichen Leistungen davor retten konnten, dass er die letzte Klasse wiederholen musste.

„Hey" sagt er, schaut sich um und ich nicke ihm zu, denn ich weiß genau, worauf das hinausläuft.

„Ich hätte gerne eine Flasche Johnny Walker", tönt er und ich mustere ihn, einfach nur, weil es ein saugeiler Anblick ist, schaue ihm dann in seine nicht zu verachtenden ozeanblauen Augen und muss mich dann zusammenreißen, um professionell zu bleiben, denn wir passen ungefähr so gut zusammen wie Hund und Katz.

„Du weißt genau, dass ich dir keinen Alkohol verkaufen kann. Wir gehen in dieselbe Klasse und ich weiß, dass du nicht oft genug sitzen geblieben bist, um 21 Jahre alt zu sein", erwidere ich ruhig und der sonst so coole Sportler kaut auf seiner Unterlippe und schaut mir in die Augen. Ich schlucke.

„Bitte", fleht er, lächelt mich an und für einen Augenblick fühle ich mich mit ihm auf Augenhöhe und

meine Knie werden etwas weich.


Floris


Das Footballtraining war gut und als ich meinen besten Kumpel Aaron vor dem Haus seiner Eltern absetze, erinnert er mich daran, dass wir später noch an den Strand wollen, um ein bisschen zu quatschen. Aaron und ich sind dicke Freunde seit ich denken kann, ich war dabei, als er sich als Grundschüler unglücklich in unsere Lehrerin verliebt hat und wir haben auch die ersten sportlichen Erfolge alle gemeinsam erlebt und gefeiert. Ich muss in seiner Gegenwart nie groß nachdenken und kann brutal ehrlich sein, er wird es mir nie übelnehmen. Umgekehrt ist es natürlich genauso. Ich habe ihm auch gesagt, dass Lynn, die brünette Studentin eine Nummer zu hässlich für ihn ist, was ihm aber wieder egal ist, weil sie angeblich im Bett eine Granate ist. Unsere Familien sind befreundet und ich frage mich manchmal, was wir mal machen werden, wenn sich unsere Wege berufsbedingt oder weil wir auf verschiedene Colleges gehen, trennen.

Zuhause angekommen, parke ich den schwarzen Qashqai meines Vaters in der Einfahrt, trinke ein Glas Milch und schlüpfe in bequeme Shorts und ziehe mir ein altes abgetragenes T-Shirt an. Ich habe meiner Mum versprochen, dass ich den Rasen mähe und muss grinsen, als ich sehe, wie die bebrillte 16jährige Göre, die im Nachbarshaus wohnt und schon fünf Mal beim Vorsprechen für die Cheerleader durchgefallen ist, mit großen Augen direkt in mein Zimmer starrt, als ich das löchrige Shirt über meinen Waschbrettbauch streife.

Ich zwinkere ihr zu und sie dreht sich schnell weg und tut so, als würde sie gerade ihr Zimmer aufräumen.

Ich genieße es, dass die Mädels sich ein Poster von mir an ihren Wänden wünschen, ich würde lügen, wenn ich behaupte, dass mich das nicht kickt. Ich will kein Arschloch sein, aber Marcia spielt nicht in meiner Liga. Erstens hat sie eine Zahnspange, für die man eine Sondergenehmigung braucht, wenn man damit in Florida ins Kennedy-Space-Center will und sie achtet weder auf ihre körperliche Fitness noch auf die Wahl ihrer Freunde, beides ein absolutes No-Go für mich. Es mag oberflächlich klingen, wenn ich sage, dass ich mich in meiner Rolle als Liebling an der ganzen Schule sehr wohlfühle, aber es ist so. Klar ist es auch harte Arbeit zwischendurch, aber ich genieße es eben, Applaus, Aufmerksamkeit und Bewunderung zu bekommen.

Kurz überlege ich, nachdem ich den stinkenden Motor des alten Rasenmähers endlich in Gang gebracht habe, mir das T-Shirt auszuziehen, um Marcia ein bisschen nervöser zu machen. Ich wette, sie schaut noch immer heimlich in unseren Garten und wünscht sich, dass ich sie frage, ob sie mit mir ins Kino geht.

Dass man als Footballstar auch Neider hat, vergessen die meisten. Allerdings kann ich die an einer Hand abzählen. Um ehrlich zu sein, fällt mir auf die Schnelle gar niemand ein, allerdings weiß ich sehr wohl, dass sich viele wünschen, wie ich zu sein. Dass das mit konsequentem Training einhergeht, bedenkt kaum jemand. Während der Durchschnittsschüler nach den Hausaufgaben und dem Pauken vor dem Smartphone hängt und irgendwelche hirnlose Serien schaut oder auf Social Media ein Leben postet, das er gerne führen würde, rackere ich mich im Fitnessstudio ab, fresse Dreck auf dem Rasen des Sportplatzes oder powere mich im Schwimmbad aus. Wenn die selbsternannten Streber ihre dicken Hornbrillen abnehmen und sonntagnachmittags Zitroneneis schlecken, mache ich mir einen Salat oder esse einen Apfel. Klar würde das Eis besser schmecken, aber der makellose Body formt sich nicht von alleine so wie er jetzt ist.

Die kalifornische Nachmittagssonne heizt gnadenlos auf meine Baseballkappe und mich nieder. Der Benzingeruch sorgt dafür, dass ich mich ziemlich männlich und stark fühle und der Drang wird immer größer, den Nachbarn meine durch den Ballsport und das Studio trainierten Muskeln zu zeigen, ich behalte mein Shirt aber an.

Unter der Dusche denke ich an Zendaya und wie heiß sie als Chani in dem Science-Fiction-Film *Dune* aussieht mit ihrem Wüstenoutfit, aber je länger das heiße Wasser auf mich herunterregnet, desto weniger Klamotten hat sie in meiner Phantasie an und da ich aber schon ziemlich spät dran bin, drehe ich die Wassertemperatur runter, trockne mich ab und mache mich fertig. Aaron mag Unpünktlichkeit nicht, deshalb gebe ich Gas, beschließe, noch einen kurzen Stopp beim Laden um die Ecke einzulegen, um Whisky einzukaufen.

Ich bin froh, dass mein Alter Herr diese Woche Home Office macht, deshalb habe ich uneingeschränkten Zugriff aufs Auto und erspare mir langes Bitten und Betteln, dass ich ihn mir ausborgen darf. Natürlich werde ich das Auto am Hafen stehen lassen, wenn Aaron und ich dann später noch was trinken, das Gute an unserem Heimatort ist, dass man überall schnell ist und es nirgendwohin große Entfernungen sind.

Die Chancen, in meinem Alter an Alkohol zu kommen, sind in einem großen Supermarkt gleich null. Deshalb versuche ich mein Glück gerne in kleineren Läden. Es ist gerade nichts los, als ich das Geschäft betrete, was für mein Vorhaben gut geeignet ist. Die Verkäufer haben weniger Hemmung, ein Auge zuzudrücken, wenn sie sich unbeobachtet fühlen.

Die Brillenschlange namens Georgie, der in meine Klasse geht und immer in der ersten Reihe sitzt, hat heute Dienst und ich muss grinsen, weil wir ihn, als er noch kleiner war, gerne damit aufgezogen haben, dass er das Georgie Girl von Marina ist. Alle, die den alten Song der Seekers kennen, werden wissen, was ich meine. Ich weiß, dass ich nie besonders nett zu ihm war, aber heute will ich mich von meiner Schokoladenseite zeigen, um den Johnny Walker kaufen zu können.

Nach einer kurzen formlosen Begrüßung komme ich direkt zur Sache und der kleine dunkelblonde Nerd macht einen auf hartnäckig. Ich hasse es, wenn jemand wie er unbeeindruckt von meinem Status bleibt und keinen Zentimeter vom korrekten Weg abweicht.

Nachdem ich ein zweites Mal *Bitte* gesagt habe, schnaufe ich. „Mann, was kann ich tun, um deine Meinung zu ändern?"

George zieht beide Augenbrauen hoch. „Wie wäre es mit erwachsen werden?"

Ich knurre. „Das ist nicht sehr hilfreich gerade."

Desinteressiert wendet der neunmalkluge Verkäufer seinen Blick von mir ab und schaut auf die aufgeschlagene Tageszeitung, die er gerade liest und die vor ihm auf dem Tresen liegt. Ich wette, er studiert gerade die Kulturseiten und überlegt, mit welchem seiner Talente er später mal die Bevölkerung dieser Kleinstadt nerven kann.

„Hör mal, ich bin echt spät dran. Du hast etwas gut bei mir, wenn du mir jetzt hilfst. Können wir das nicht einfach abkürzen und ich gebe dir das Geld und du reichst mir den Whisky?", starte ich einen letzten, fast schon verzweifelten Versuch.

George scheint zu überlegen und schmunzelt. „Was hätte ich denn gut? Bei dir? Jetzt machst du mich neugierig. Bekomme ich gratis Footballtrainingsstunden oder trittst mir ein paar wertvolle Sammelkarten deiner Lieblingssportler ab?“

Ich kratze mich am Hinterkopf und beschließe, zu kontern. „Warum nicht? Wenn du keine Angst vor dem Ball hast, kann ich dir sicher so einiges beibringen.“

„Und was sagst du deinen Kumpels, wenn du den uncoolsten Bengel der ganzen Schule mit zum Spielfeld bringst?“

Ich lache. „Dass ich eine Wette verloren habe?“

„Alter, sieh zu, dass du Meter gewinnst, hier ist dein Walker!“ George greift nach hinten und gibt mir die Flasche im Austausch gegen einen Fünfzigdollarschein.

Während er das Restgeld rauszählt, fällt mir ein Stein vom Herzen und ich grinse breit. „Das war ernst gemeint, ich nehm’ dich Montag mit zum Training!“

„Jaja, hau ab!“

„Danke, Mann!“ Ich bin ehrlich erleichtert und irgendwie würde ich dem Kleinen jetzt echt gern zeigen, dass das voll nett ist, was er tut, auch wenn ich der Meinung bin, dass er einen Tick zu frech zu mir ist.

Bevor ich den Shop verlasse, schaue ich mich nochmal kurz um, ob wir nach wie vor keine neugierigen Zuschauer haben, greife über die Theke, wuschle ihm durchs strohige Haar und stoße dabei fast seine Brille von der Nase.

George quiekt leise auf, bestimmt mehr vor Überraschung, weil er damit nicht gerechnet hat und schließt die Kassenlade.

„Spinner", grummelt er.

Mit dem Alkohol im Schlepptau gehe ich zum Auto und schreibe Aaron, dass ich in zwei Minuten da bin.


George


Der Montag läuft wie ein ganz normaler Tag an einer durchschnittlichen amerikanischen Highschool. Die Nerds wie ich freuen sich, dass wieder Unterricht ist und die coolen Jungs nutzen die Zeit, um sich vom Wochenende zu erholen, protzen mit ihren kürzlich erlebten Errungenschaften und Abenteuern und sind froh, ihre besten Kumpels wiederzusehen.

So endet der Montag für meinen Geschmack viel zu schnell und ich verstaue meine Bücher in meiner Tasche, als plötzlich Floris vor mir steht, mich angrinst und ich habe keine Ahnung, worauf das hinauslaufen soll.

„Ready, Kleiner?", fragt der trainierte Hüne mich und ich verstehe nur Bahnhof. „Hast du vergessen, dass heute Training ist? Oder meinst du, ich halte mich nicht an das, was ich verspreche?"

Schön langsam kommt mir seine Ansage von Samstagabend wieder in den Sinn.

„Du hast das doch im Leben nicht ernst gemeint? Du wolltest doch nur unbedingt den Whisky kaufen", gebe ich zurück und Floris lacht.

„Würde ich hier stehen um dich abzuholen, wenn ich es am Samstag nicht ernst gemeint hätte?", kontert er und in mir arbeitet es. Es gibt genau zwei Optionen in meinem Kopf und ich muss jetzt schlau entscheiden, welche von beiden wahrscheinlicher ist.

Option eins – Floris will, dass ich mich zur Lachnummer der ganzen Schule mache, allerdings stellt sich mir ernsthaft die Frage, warum er das tun sollte, denn er hat einen guten Stand hier und mit so einer Aktion könnte er sich definitiv einige Sympathien verspielen.

Option zwei – Floris ist gar nicht so ein großes Arschloch wie ich denke. Wobei ich vergessen habe, wieso ich ihn eigentlich für einen Idioten halte. Fakt ist, so übel ist er nicht. Er ignoriert mich halt meistens, weil ich nicht in seiner Liga spiele, aber im Grunde genommen ist das kein Verbrechen

„Na los, die Jungs werden nicht auf uns warten", drängt Floris und ich weiß nicht wirklich, was das werden soll und hätte ich gewusst, dass Floris das alles nicht zum Spaß gesagt hat, ich hätte am Sonntag vermutlich den neuen Stephen-King-Roman gegen ein American-Football-Regelbuch getauscht, denn wirklich viel weiß ich nicht über diesen in meinen Augen völlig überschätzten Sport. Außerdem habe ich es nicht so wirklich mit Fangen und Werfen und wenn es eine Chance gibt, dass mich eine außerirdische Lebensform von diesem Planeten beamt, dann wäre jetzt ein guter Zeitpunkt. Leider passiert nichts dergleichen und so finde ich mich schon bald zwischen testosterongesteuerten Heterojungs in einer Umkleide wieder und ernte spöttische Blicke und ich könnte wetten, dass einige der Jungs mich auslachen.

„Wir machen heute nur ein lockeres Training, deswegen ist es der perfekte Tag um dich mitzunehmen. Beim Taktiktraining wärst du definitiv verloren und ich glaube auch nicht, dass wir die passende Ausrüstung für dich hätten", meint Floris und ich grinse siegessicher.

„Ich habe aber auch heute keine Sportklamotten mit", erwidere ich gespielt enttäuscht und sehe mich schon auf der Tribüne sitzen und zuschauen, was auch eine Premiere wäre, aber Floris ist mir leider auch hier einen Schritt voraus.

„Mein Dad ist auch so ein halbes Hemd. Ich habe ein T-Shirt und eine Shorts von ihm dabei." Der Athlet reicht mir die Sachen. Ich schlucke, frage mich, ob ich eine Option vergesse habe, was Floris mit mir vorhaben könnte und überlege kurz, ob ich in den letzten Wochen irgendwas über Menschenopfer oder Kannibalismus in der örtlichen Presse gelesen habe, aber mir fällt spontan nichts ein und so schäle ich mich aus meinem T-Shirt und wundere mich etwas darüber, dass Floris mich neugierig anschaut und die Augenbrauen hochzieht.

„Du trainierst?", fragt er direkt und ich lache.

„Na ja, etwas laufen und ich habe ein paar Hanteln zuhause", antworte ich und werde vermutlich rot wie eine Tomate. Ich sehe wie Floris sich ebenfalls ein anderes T-Shirt anzieht und ich muss aufpassen ihn nicht anzustarren, denn der Körper meines Schulkameraden sieht aus wie ein eine Steinskulptur, die den Torso eines jungen Kriegers im alten Griechenland zeigt. Ich wechsle schnell meine Shorts und dann gehen wir auch schon in Richtung Trainingsgelände. Ich bin erleichtert, als ich den Coach erklären höre, dass es heute in erster Linie um Kondition und Ausdauer geht, denn in diesen Disziplinen kann ich vielleicht sogar punkten. Wir starten mit einem Dauerlauf und ich halte mich tempomäßig an Floris, merke aber schnell, dass ich locker mithalten kann und so erhöhe ich das Tempo und so sicher wie ich weiß, dass Floris mir im Bereich Kraft so überlegen ist wie Donkey Kong der Prinzessin, so merke ich, dass ich wohl in Sachen Kondition vorne liege. So lasse ich meinen verblüfften Kollegen quasi stehen. Es kickt mich ziemlich, als ich merke, dass Floris vergeblich versucht zu folgen und meinen Staub frisst und mir auf meinen süßen Zuckerarsch schaut.

Floris

In der Trainingspause muss ich meinen Teammates Rede und Antwort stehen, warum ich den Nerd mitgebracht habe. Aaron versteht schnell, weil er ja auch vom Kauf der Whiskyflasche profitiert hat, doch Cody, mein anderer Kumpel, zieht mich damit auf.

„Wusste gar nicht, dass du bei den Pfadfindern bist, Floris! Jeden Tag eine gute Tat?" Er schüttelt sich vor Lachen und kratzt sich sein bärtiges Kinn. Er ist für sein Alter verdammt haarig am ganzen Body und könnte locker als Bär durchgehen, auch von der Statur her. Wo ich reine Muskeln besitze, zeigt sich bei ihm seine Vorliebe für Burger und Bier. Allerdings steht ihm das, vielleicht auch, weil er von der Art her ziemlich rau und kantig ist.

Ich werfe mein Handtuch nach ihm und bin froh, dass George noch immer auf der Suche nach dem Getränkeautomaten ist und ich kurz meine Ruhe habe. Klar muss ich unumwunden zugeben, dass er körperlich besser in Form ist als gedacht, aber ich muss trotzdem aufpassen, dass ich mein Gesicht nicht verliere wegen dem idiotischen Versprechen.

„Der Kleine würde sich vermutlich sämtliche Knochen brechen, wenn wir gegen die King Cobras spielen!" Cody trinkt seine Wasserflasche leer und grinst bis über beide Ohren.

Die Cobras sind unser härtester Gegner, sie stellen das Konkurrenzteam aus dem Nachbarort. Wenn ich an ein paar derbe Muskelviecher dieser Mannschaft denke, kann ich meinem Freund nur zustimmen. „Allerdings ist er verdammt schnell. Schneller als ich gedacht habe."

„Das hilft ihm trotzdem nichts, wenn es drauf ankommt, sich gegen die Offensive oder die Tight Ends durchzusetzen, zieht er den Kürzeren." Aaron zuckt mit den Schultern.

„Na ist ja nicht so, dass er sich fürs Team qualifizieren will, er hat mir einen Gefallen getan und ich bezahle meine Schulden. Ihr wisst doch, ich bin ein Ehrenmann!" Ich versuche meine Jungs davon zu überzeugen, dass das hier eine einmalige Sache ist.

„Störe ich?" George hält seine Coladose umklammert und späht in die Umkleidekabine.

„Quatsch, komm rein!" Ich deute ihm mit einer einladenden Geste, dass er willkommen ist.

„Wie mache ich mich?" Der bebrillte Nerd strahlt in freudiger Erwartung wie ein Honigkuchenpferd.

„Nicht schlecht für den Anfang", murmle ich verlegen, bevor einer meiner Buddys irgendwas Freches von sich geben kann. „Du kannst jetzt dein Können bei den Wurfübungen unter Beweis stellen."

George schaut mich groß an. „Oh. Ja stimmt, da war ja was. Werfen und fangen und so."

Alle lachen, was die Stimmung zumindest ein wenig auflockert. Wenige Minuten später finden wir uns wieder auf dem Spielfeld ein und Coach Carter teilt die Bande in Pärchen auf. Natürlich trifft mich die Ehre, mit dem Nerd ein Team zu bilden. Wir stellen uns gegenüber auf und ich spiele mit dem Stück Leder in meiner Hand. George schirmt seinen Blick gegen die Sonnenstrahlen ab und nickt mir zu.

Pah, als ob ich sein Okay dafür bräuchte, loslegen zu dürfen! Ich beschließe, mich zusammenzureißen und ihn nicht gleich mit dem ersten Wurf niederzuwuchten, also hole ich nur ein klein wenig aus und werfe ihm den Ball zu, so dass er ihn eigentlich fangen müsste. Die Brillenschlange, die beim Laufen zwar überzeugen konnte, ist komplett überfordert, rudert unbeholfen mit den Armen in der Luft und verliert fast das Gleichgewicht, als das Geschoss über seine Schulter segelt.

Ich schnaufe. „Oh Mann!"

George beißt sich auf die Unterlippe, hebt den Ball auf, winkelt seinen Arm an, um Schwung zu holen und wirft ihn zu mir, was mich ein bisschen an die Kindergartenpausen erinnert. Damals war die größte Herausforderung, nicht einzuschlafen beim Ballspiel, das wohl die Tante spannender fand als wir halbe Portionen, allerdings wusste ich damals schon, dass ich eines Tages ein Quarterback werden will.

Da ich keinen Bock habe ihn zu schonen, erhöhe ich den Druck beim zweiten Wurf und erwarte, dass mein Gegenüber dementsprechend reagiert. Ich habe nie behauptet, dass es ein Spaziergang wird, mit mir zu trainieren.

George ist wieder einen Tick zu langsam und schaut dem Ball nach, als wären wir in einem Cartoon.

„Junge, du weißt aber schon, dass du ihn fangen solltest, oder?"

Der Nerd knurrt und sammelt den Football vom Rasen auf. „Junge, du weißt schon, dass ich noch nie in meinem Leben diesen Sport ausgeübt habe?"

Ich kassiere einen Pass, der zumindest ein bisschen mehr

Härte und Biss hat als der erste, was ich ihm hoch anrechne. Kurzerhand gehe ich zu George und mit gesenkter Stimme suche ich seinen Blick. „Willst du das denn wirklich lernen oder geht es dir nur darum, ein bisschen aus deiner Höhle kriechen zu können?"

George wischt sich den Schweiß von der Stirn. „Ich würde gerne rausfinden, was dran ist an dem Phänomen, das Millionen von US-Amerikaner während dem Superbowl dazu veranlasst, durchzudrehen."

Ich nicke. „Dann lern jetzt die erste Lektion! Vergiss deinen Computer und deine Formeln, hör auf deinen Körper und finde deine Eier!"

„Das waren jetzt aber drei!"

Ich zwinkere ihm zu, erhöhe die Distanz zwischen uns und werfe ihm den Ball etwas sanfter als vorhin zu.

George lässt ihn beinahe an sich vorbeiziehen, erwischt ihn aber gerade noch und hat ziemlich damit zu tun, ihn nicht fallenzulassen.

„Geht doch!"

George

Als der Coach das Training für beendet erklärt und sich alle im Team abklatschen, bin ich stolz auf mich selbst. Ich habe mich nicht zum völligen Affen gemacht und die meisten Teammitglieder klatschen sogar mit mir ab und geben mir das Gefühl, dass ich einen guten Job gemacht habe, auch wenn es klar wie Kloßbrühe ist, dass ich unter Wettkampfbedingungen maximal als Ball tauge.

„Gar nicht mal so schlecht wie gedacht", tönt Floris, als wir in Richtung Umkleide gehen und dabei wuschelt er mir durch die verschwitzten Haare wie bei einem kleinen Jungen, der seinen ersten Ball gefangen hat. Ich grinse kurz in seine Richtung und boxe ihm sanft und kumpelhaft in die Seite.

„Du hast es heute aber auch gut gemacht", lobe ich ihn und Floris schaut mich an wie eine Scheibe Toastbrot. Dann lachen wir beide.

Ich schlucke trocken, als wir in die Umkleide kommen und wenn ich gedacht habe, dass das Training meine größte Herausforderung wird, so ist mir jetzt bewusst, dass bereits das halbe Team nackt zwischen den Spinden steht und einige der Burschen hier aussehen wie die Jungs, die ich mir abends heimlich auf dem Laptop anschaue. Ich blicke zu Floris und sehe, dass er sein Trikot bereits in seine Sporttasche geworfen hat und jetzt dabei ist, sich seine Shorts samt Unterhose auszuziehen. Ich versuche irgendwo hinzuschauen, wo ich weder ein männliches Glied sehe noch einen Vollmond, allerdings ist das in einem kleinen Raum mit etwa 15 Footballspielern nahezu unmöglich.

„Soll ich dich noch mitnehmen? Ich fahre sowieso am Supermarkt vorbei auf dem Weg nachhause", sagt Floris und mein Herz rast. Mein Hals ist wie zugezogen und so nicke ich nur und Floris grinst und ich schaue ihm groß nach, als er sich auf den Weg in Richtung Dusche macht.

Ich muss mich jetzt dringend zusammenreißen und umziehen und das am besten so, dass niemand mitbekommt, wie gut mir der Hintern von Floris gefällt, denn in meiner Hose verselbstständigt sich etwas. Und genau das kann mir ganz schnell meine soeben erworbene Coolness kosten, wenn die anderen es merken. Ich steige aus der Shorts, die Floris mir geliehen hat und ziehe mir schnell meine Jeans drüber, denn duschen werde ich mich definitiv zuhause. Als ich mich umgezogen habe, verziehe ich mich so schnell es geht aus der Umkleidekabine, denn ich will nicht, dass es später heißt, dass der Freak in der Umkleide herumgelungert hat.

Es dauert etwa eine Viertelstunde bis Floris frisch geduscht und gestylt aus der Umkleide kommt und wir gehen zusammen zu seinem Wagen. Ich bin über sein Angebot mehr als überrascht, denn er hat seine Schulden bei mir inzwischen schon mehr als bezahlt.

Floris wirft seine Sporttasche auf den Rücksitz, ich nehme auf dem Beifahrersitz Platz und er startet den Motor.

„Du hast mich und die Jungs heute echt überrascht, aber ich muss dir etwas sagen", sagt Floris mit ernster Miene und ich frage mich, was jetzt kommen mag, weil wenn ich ehrlich bin, war der heutige Nachmittag für mich einer der besten, wenn nicht sogar der beste bisher an dieser Schule.

„Ich habe mit den Jungs gesprochen und wir haben lange diskutiert, aber wir können dich leider nicht ins Team aufnehmen!" Floris schmunzelt und zwinkert mir zu.

„Da hast du ja nochmal Glück gehabt! Ich weiß eh nicht, wie du damit klar gekommen wärst, wenn ich dir deine Quarterbackposition streitig gemacht hätte", konterte ich gespielt nachdenklich und Floris braucht etwas, aber dann lachen wir beide.

„Spinner!" Er dreht das Radio auf und dann fahren wir die kurze Strecke und sind für mein Gefühl viel zu schnell am Ziel.

„Danke, war echt ein lustiger Nachmittag", verabschiede ich mich und Floris wirkt überrascht über meine Worte und ich halte ihm die Hand hin zum High-Five. Floris schlägt ein und ich spüre erneut, wie viel Kraft er in den Oberarmen hat. Ich will aussteigen, aber Floris hält meine Hand fest.

„Der Trainer meinte, ich soll an meiner Kondition und am Tempo arbeiten, wenn ich diese Saison richtig durchstarten will. Was Muskeln und Technik betrifft, gehöre ich zu den Besten. Hast du Bock, mir etwas unter die Arme zu greifen?", fragt Floris direkt und ich suche nach der versteckten Kamera.

„Ich? Ernsthaft?", entgegne ich.

„Na ja, du hast heute beim Dauerlauf das komplette Team rasiert", gibt Floris zu bedenken und ich schlucke, denn irgendwo hat er ja recht.

„Joar. Also ich laufe meist sehr früh. Wenn das für dich passt, mache ich dir gerne den Drillsergeant", sage ich und dann zucke ich zusammen, denn Floris legt aus Versehen seine Pranke auf meinen Oberschenkel. Dann schreibt er seine Handynummer auf einen Zettel und gibt ihn mir.

„Sag einfach wann und wo, Drillsergeant", grinst Floris und dann verabschiedet er sich und ich weiß schon jetzt, dass ich meinem Tagebuch heute einiges zu berichten habe.

Floris

Ich komme gerade vom Fitnessstudio nachhause und sehe einen ganzen Haufen Nachrichten und entgangene Anrufe, als mir bewusst wird, dass ich meine Süße arg vernachlässigt habe. Klar kann das schon mal passieren, wenn man in der Schule alles schaffen will, den Sport, die Karriere und die Kumpels unter einen Hut bringen möchte. Trotzdem mache ich mir kurz ehrlich Vorwürfe, weil ich Camila so lange nicht angerufen oder zurückgeschrieben habe. Wir sind zwar erst seit einem halben Jahr zusammen, aber ich war die letzten Tage wirklich kein guter Freund, zumal ich mit meinen Gedanken meist woanders war. Camila habe ich über Bekannte meiner Eltern kennengelernt, sie wohnt in San Francisco und wir sehen uns nur an den Wochenenden, außer in den Ferien. Das sind sicher keine idealen Voraussetzungen für eine gut funktionierende Beziehung, aber wir haben die Herausforderung angenommen.

Nachdem ich ihre Nummer gewählt habe, folgt ein verdienter Hagel an Fragen und Vorwürfen, aber ich schaffe es mit meinem Charme, sie schnell runterzuholen und vielleicht war es nicht die dümmste Idee, ihr zu versprechen, dass wir am Samstag in ihr Lieblingslokal, ins Bodys, gehen. Irgendwie bin ich froh, dass sie noch eine Freundin eingeladen hat, um mit ihr zu lernen, denn so brauche ich nicht zu erwähnen, dass ich nicht viel Zeit habe. Immerhin ist heute schon Mittwoch und ich will noch eine Runde mit dem Nerd laufen gehen.

George ist wirklich ein netter und gewitzter Kerl und ich bin selbst überrascht, wie unkompliziert er drauf ist. Wo ich anfangs noch dachte, dass er eine kleine Prinzessin und vollkommen hilflos ist, überrascht er mich immer wieder und ich erhoffe mir durch sein Zutun beim Lauftraining einen echten Mehrwert. Ich habe mal vor einer Ewigkeit auf einer Retroparty einen Film über einen Dummen gesehen, der hieß irgendwas mit Forrest und der hatte definitiv nicht alle Tassen im Schrank, aber Junge konnte der laufen! Nicht dass George dumm wäre, aber Junge, kann *der* laufen!

Ich grinse in mich hinein, als ich in meine bequeme Puma Shorts steige und mir die Lauftreter anziehe.

Als es an der Haustür klingelt, fluche ich kurz, weil ich mal wieder zu spät dran bin und dann höre ich schon meine Mum nach mir rufen. „Floris! Einer der Pfadfinder ist hier! Ich habe ihm schon gesagt, dass wir keine Kekse brauchen!"

Ich schnaufe, werfe einen kurzen Blick in den Spiegel, spanne meine Muskeln an, zwinkere meinem Spiegelbild zu und laufe die Treppe nach unten. „Mum, das ist George, wir gehen noch eine Runde laufen."

Der Nerd hat gerade gut zu tun, keinen Lachflash zu bekommen und setzt sein feierlichstes Lächeln auf. „Ich verspreche, ich bringe Floris vor Mitternacht wieder heim!"

Ich rolle mit den Augen und knurre nur am Weg nach draußen. Eltern können manchmal echt eine Plage sein, vor allem, wenn sie peinlich sind.

Wir sprinten locker los und brauchen ein paar Minuten, um den gleichen Rhythmus zu finden. Wie wir so nebeneinanderher traben, fällt mir auf, dass die Sportsachen, die George trägt, uralt, ausgewaschen und von minderer Qualität sind. Nicht dass es mich was angeht, aber ich bin überzeugt, dass man bei Trainingskleidung nicht sparen sollte. Allerdings musste ich nie in Betracht ziehen, Ramschware zu kaufen, weil meine Eltern immer gut situiert waren. Die Tatsache, dass man dazu gezwungen ist, sparsam und bewusst einzukaufen, stand gottseidank in meinem Fall nie zur Debatte.

„Verdammt coole Treter", lacht George und deutet auf meine weißgrünen Pegasus.

„Danke! Deine sehen ein bisschen aus, als hätten sie ihre besten Tage schon hinter sich", gebe ich ehrlich zurück.

„Na bei Regen kann ich sie nicht mehr verwenden, beim linken löst sich schon die Sohle etwas, aber solange es trocken ist, passt es schon."

In mir arbeitet es. Ich will keinesfalls zu nett sein, weil es Leute gibt, die das in den falschen Hals bekommen und ich möchte auch nicht, dass er anhänglich wie ein Hündchen wird, aber ich beschließe, weil ich so gute Laune habe, einfach freundlich zu sein. „Ich habe noch Rabattmarken zuhause herumliegen vom Sportstore, kann sie dir gerne geben, wenn du dir neue kaufen möchtest."

„Oha, ja also ich weiß noch nicht, wann ich dazukomme, aber ich nehm' sie gerne, danke. Diesen Monat legen wir zuhause alle zusammen, um die Werkstattrechnung fürs Auto bezahlen zu können. Aber wie gesagt, sehr cool und nett, vielen Dank!"

„Bekommst du keinen Lohn für deine Stunden im Supermarkt?" Ich beiße mir auf die Lippen. War das jetzt zu neugierig?

„Doch, aber die Bücher, die ich für die Schule brauche, bezahlen sich nicht von alleine!"

Als wir die Hafenpromenade entlanglaufen, müssen wir aufpassen, dass wir keinen der Touristen umrempeln. Zu dieser Zeit im Jahr wimmelt es hier nur so vor Urlaubern aus der ganzen Welt, besonders aus Europa. Auch aus meiner Heimat. Ich habe zwar nie einen starken Bezug zu Holland gehabt, weil ich erst drei war, als meine Eltern hierhergezogen sind, aber wenn wir Granny und Opa besuchen, fühle ich mich immer sehr wohl da. Den Haag ist eine verdammt schöne Stadt, aber mir wäre es aufs ganze Jahr gesehen einfach zu kalt. Da lobe ich mir doch das milde Klima hier im schönen Kalifornien!

George reißt mich aus meinen Gedanken, als er über einen Pudel stolpert, der ihm ohne Vorwarnung zwischen die Füße gelaufen ist. Ich greife nach dem linken Arm des Nerds und kann ihn gerade noch vor einem schmerzhaften Fall bewahren und auch der Köter kommt mit dem Schrecken davon. Der Hundebesitzer, ein älterer Asiate mit Baseballkappe, entschuldigt sich und fragt, ob George einen Arzt braucht.

Ich muss grinsen, denn Georges Shorts sind ein Stück nach unten gerutscht und geben einen kleinen Einblick auf die Stelle wo sein Steißbein ist und der kleine Arsch beginnt. Ich schelte mich für meine idiotischen Gedanken und höre, wie der Nerd dem Opa versichert, dass alles in Ordnung sei.

Als er beim ersten Auftreten zusammenzuckt und nur mehr humpelt, ist schnell klar, dass dem nicht so ist, allerdings sind da der Pudel und sein Herrchen schon weitergezogen.

„Sicher, dass es geht?", frage ich und begleite George zu einer Parkbank.

„Klar, ist sicher nur eine Muskelzerrung oder so. Hab den Hund echt nicht gesehen."

„Junge, da gabs auch nicht viel zu sehen, die Töle kam ja quasi aus dem Nichts!" Ich schaue George dabei zu, wie er sich die Shorts hochzieht und hinsetzt.

„Machen wir eine kleine Pause, danach geht's bestimmt wieder!"

Etwas frustriert nehme ich neben dem Nerd Platz und ignoriere den Umstand, dass sich in seinem Schritt etwas abzeichnet, was größentechnisch da unmöglich sein kann und ich schreibe es meiner Phantasie oder einer Stofffalte zu, dass diese Beule nicht unbedingt kleiner geworden ist seit wir zusammen laufen.

George

Ich bin fast etwas stolz darauf, mit welcher Präzision ich es schaffe mich bei fast jeder erdenklichen Möglichkeit vor Floris zum Monk zu machen. Ich greife an meinen Knöchel und merke schnell, dass es wohl nur der erste Schreck war und mir der Beinahefall zum Glück keine ernsthafte Verletzung verpasst hat.

Eigentlich könnte ich schon weiterlaufen, allerdings habe ich in der mittleren Region meines Körpers ein wachsendes Problem seitdem Floris mich festgehalten und mich vor einem Sturz bewahrt hat, welcher sicherlich schmerzhaft gewesen wäre und einige Schrammen zur Folge gehabt hätte. Himmel, hat dieser Bengel Kraft! Ich sehe wie Floris grinst, als ich ihm auf den Bizeps starre. Ich fühle mich ertappt und ich weiß aus Erfahrung, dass sich gerade meine Gesichtsfarbe ändert, denn so ist es immer, wenn ich mich wegen irgendwas schäme.

„Meinst du schaffst du es alleine weiter oder muss ich dich über meine Schulter werfen und dann in meine Höhle schleppen?", fragt Floris und lässt den Bizeps zucken.

„Wenn ich es nicht besser wüsste, würde ich denken, dass das dein Anmachspruch ist, wenn du von einer Party was zum schnellen Druckabbau mit nachhause nimmst", erwidere ich schlagfertig und Floris lacht.

„Woher weißt du das?"

„Ich denke es wird gehen, auch wenn ich mich ehrlich geschmeichelt fühle, dass du mich als Beute in Erwägung ziehst!"

„Warum wäre es denn so abwegig?", ist dann die Frage, die mich ziemlich überfordert und noch mehr überrascht.

„Na schau dich an und dann schau mich an. Der High-School-Schwarm und der Nerd. Könnte direkt ein schlechtes Schundbuch sein. Außerdem bist du doch vergeben und ganz sicher nicht bisexuell und für eine Nacht bin ich mir sowieso zu schade", sage ich, lache und versuche wieder auf die Beine zu kommen. „Außerdem sind wir nicht zum Flirten hier, sondern zum Trainieren. Immerhin willst du doch irgendwann mal einen genauso knackigen Hintern haben wie ich!" Spontan verpasse ich mir selbst einen Klaps auf mein Hinterteil.

„Soso, also so wie du mir aufs Heck geglotzt hast, als ich nach dem Training duschen gegangen bin, wohl eher *du* Nachholbedarf", scherzt Floris und dann sehe ich, wie er wieder zu laufen beginnt. Ich bin schockiert, dass er von meinen Blicken weiß, aber vermutlich habe ich ihm so auffällig hinterhergeschaut wie der Kojote bei den Bugs-Bunny-Filmen, wenn ihm die Augen rausfallen und irgendeiner von Floris' Teammates hat es ihm gepetzt. Gott sei Dank weiß er nicht, dass dieser Anblick mich seit zwei Tagen bis in meine Träume begleitet und ich werde einen Teufel tun, es ihm zu verraten.

Ich hole schnell wieder auf, laufe neben Floris her und ich muss zugeben, je mehr Zeit ich mit ihm verbringe, desto interessanter und sympathischer wird dieser Bursche. Ich weiß, dass er körperlich und vom Image her einfach ganz anders aufgestellt ist als ich, aber ich habe ja auch nicht die Illusion, dass da irgendwas passieren könnte, aber klar wäre es cool, den hübschesten Typen der High School in seinem Freundeskreis zu haben.

Ich grinse, als ich das Tempo etwas forciere und merke wie Floris langsam Probleme bekommt mir zu folgen.

„Hast dich wohl beim Pumpen schon zu doll verausgabt", grinse ich und starre wieder auf seine imposanten Muskeln, was dafür sorgt, dass ich eine Bordsteinkante übersehe und wieder ins Straucheln gerate. Dieses Mal reicht es aber nicht aus, dass Floris meinen Arm packt, um mich vor dem Sturz zu retten, sondern er zieht mich mit einer schnellen Bewegung wieder hoch und so prallen unsere Körper direkt zusammen. Ich spüre Floris' festen Griff an meinen dünnen Armen und unsere verschwitzten Körper kleben für einen Moment aneinander. Ich schaue Floris tief in die Augen, zittere und am liebsten würde ich meine Lippen einfach auf seine drücken. Was mich etwas irritiert ist, dass Floris keinen Schritt zurück macht und einen flapsigen Spruch bringt. Ich merke wie mein Herz anfängt schneller zu pochen. Ich weiß, dass ich ein Idiot bin, aber ich würde alles geben, wenn ich Floris jetzt küssen dürfte oder er mich einfach packt, mich schultert und in seine Höhle zieht.

Floris

Was zur Hölle geht da gerade ab zwischen dem Nerd und mir? Ich schwitze mehr als sonst beim Laufen und kann nichts dagegen tun, dass sich mein bestes Stück aufpumpt. Und ja, ich bin clever genug, um zu wissen, dass man das durch den dünnen Stoff der Trainingshose gut sehen kann. Ich weiß nicht, wann ich das letzte Mal mit einer Situation so überfordert war. Es fällt mir schwer, George wieder loszulassen und verziehe mein Gesicht zu einem dämlichen Grinsen.

Es ist verrückt und ich bin ehrlich nicht schwul, aber diesen drahtigen Burschen mit der Hornbrille so am Schwitzen und ein wenig unbeholfen zu sehen mit dem unglaublich naiven Lächeln im Gesicht, das kitzelt etwas in mir wach, wo ich nicht wusste, dass es überhaupt da ist. Ich darf mir nur keinen Fehler erlauben. Als Starspieler und Quarterback unseres Teams bin ich in der ganzen Stadt bekannt wie ein bunter Hund! Von daher kann ich hier in der Öffentlichkeit unmöglich meinen Trieben nachgeben. Allerdings habe ich schon seit gestern nicht mehr Hand an mich gelegt und so habe ich mächtig Druck und irgendetwas sagt mir, dass es nicht das Verkehrteste wäre, wenn George mir beim Abbau desselbigen helfen würde.

Ja, verdammt, er ist ein Junge und ich habe eine treue Freundin, aber ich bin auch nur ein Kerl und fuck, wenn einer von euch wüsste, wie irre süß sein kleiner Po in der Shorts aussieht, würde er mich sicher verstehen!

„Können wir zu dir?", frage ich und atme schwer.

George schaut mich an, als hätte ich ihm gerade gesagt, dass es leider keinen Santa Claus gibt. „Was meinst du und was soll die Frage?" Seine Stimme klingt, als würde sie jeden

Moment brechen.

Ich schaue ihm in die Augen und lege all meine Entschlossenheit in den Blick. „Genau so wie ich es gesagt habe."

„Holy Moly. Ist das jetzt versteckte Kamera?" Der Nerd kratzt sich unterm Bund seines Shirts am Bauch und macht mich damit noch rasender als ich es ohnehin schon bin.

Ich stemme beide Hände in die Hüften, neige meinen Kopf gen Himmel und atme tief durch.

George scheint endlich zu verstehen und stottert. „Aber mein Vater oder meine Mutter werden da sein. Ich wohne so fünf Minuten von hier."

„Kriegst einen Socken ins Maul", presse ich hervor und deute ihm, dass er vorangehen soll. Das kleine Detail mit seinen Erzeugern ist mir gerade herzlich egal.

Der Nerd zittert jetzt am ganzen Körper und bewegt sich für meinen Geschmack viel zu langsam in Richtung 3rd Avenue und ich bete, dass uns jetzt niemand aus meinem Freundeskreis begegnet.

„Wenn du mich verarschst, Floris Huisman, dann schwöre ich bei meinem Leben, dass ich dich kastriere!"

Ich bin etwas erstaunt über die Derbheit seiner Worte und

knurre deshalb nur als Antwort. Was mir aber ziemlich gut gefällt ist, dass er mir brav gehorcht. Nicht dass ich heute Morgen gewusst habe, dass dieser Tag so enden könnte, aber meine spontane Idee trägt tatsächlich Früchte!

„Guten Abend, Mrs. Wheeler!" George hebt seine Hand zum Gruß und winkt einer weißhaarigen Lady in ihrem Garten zu. Er erntet dafür eine halbherzige Geste, argwöhnische Blicke und etwas Gemurmel.

In dieser Straße sind die Häuser viel kleiner, älter und heruntergekommener als in meinem Teil der Stadt.

Nach wenigen Metern betreten wir ein bescheidenes Grundstück mit einem Häuschen, welches die letzte Renovierung lange hinter sich hat. Ein Teil des Daches ist nur billiges Wellblech aus dem Baumarkt, der Rest ist zumindest so, dass nicht der erstbeste Wirbelsturm alles wegfegen würde. Aber von stabil und schön halt weit entfernt.

„Home sweet Home", schnauft der Nerd, rückt seine Brille zurecht und wir gehen durch die Vordertür. Kaum sind wir über die Schwelle, erstarre ich, weil sich ein riesiger Schatten auftut. Ein Hüne, er könnte früher Profiwrestler gewesen sein, räuspert sich. „Wir kennen uns noch nicht."

Mein Blick hat noch nicht die ganze kastenförmige Gestalt

erfasst, suche ich nach einer passenden Begrüßung. „Korrekt, Mr. Sawyer! Ich bin …“

Weiter komme ich nicht. Ich will ihm die Hand schütteln, aber Georges Dad verengt seine Augen zu Schlitzen und lacht dann auf. „Ach! Du bist ja der holländische Vollstrecker, der unsere Jungs letzte Saison zum Sieg geführt hat!“ Seine Miene verändert sich und kurz rechne ich damit, dass er mich an sich drückt und mir dabei meine Knochen zerquetschen wird.

Da ich nicht wusste, dass mein Ruf mir auch bis in dieses Haus vorauseilt, könnte meine Überraschung nicht größer sein. Ich bin dankbar, dass das Blut in der Zwischenzeit aus meinem Schritt gewichen ist und ich mich nun auf diese peinliche Begegnung mit Mr. Sawyer konzentrieren kann.

Der Spitzname Vollstrecker wird gerne von den kleinen Lokalblättern verwendet, wenn sie über die Spiele berichten. Allerdings gefällt es mir tatsächlich, dass der Ladenbesitzer weiß, wer ich bin.

Verlegen wechsle ich die Gesichtsfarbe und bekomme endlich einen Händedruck, den ich wohl nie wieder vergessen werde. „Freut mich, dass du dir unseren George etwas zur Brust nimmst, er kann sicher noch einiges von dir lernen!“

Die Adern an meinen Schläfen pulsieren schon fast

schmerzhaft und ich denke mir nur, Alter, wenn du wüsstest!

George tänzelt nervös von einem Fuß auf den anderen. „Dad, wir müssen noch für Chemie büffeln!"

Mr. Sawyer nickt und schaut seinem Sohn in die Augen. „Ich will euch nicht aufhalten, deine Mum ist noch im Shop, sie hat aber einen Hackbraten in den Kühlschrank gestellt."

„Äh, ja, danke, wir müssen dann wirklich!" Der Nerd deutet auf die weiße Tür, die wohl zu seinem Zimmer führen wird und zum ersten Mal beginne ich ernsthaft an meinem Vorhaben zu zweifeln. Wenn das das einzige ist, was uns geräuschtechnisch von seinem Vater trennt, kann ich meinen Plan in die Tonne treten.


George


Dass das jetzt ein guter Zeitpunkt ist, um über die Rollenverteilung zu diskutieren, glaube ich nicht und vermutlich würde mir Floris auch nicht glauben, wenn ich ihm sage, dass die wenige Erfahrung, die ich bisher gesammelt habe, ausnahmslos in der Top-Rolle war.

Ich stehe da wie bestellt und nicht abgeholt und wenn ich mir sicher war, dass Floris einen fixen Plan hat, so wirkt der sonst so selbstsichere Hüne gerade alles andere als souverän.

Ich ziehe mir selbst das verschwitze Shirt über den Kopf und Floris zögert.

„Was ist los?", frage ich.

„Die Wände sind ziemlich dünn. Und wenn du es auch vermutlich nicht glaubst, das mit dir wäre eine Premiere, also mit einem Jungen was zu haben", murmelt Floris und ich frage mich ernsthaft, warum er jetzt so nervös ist.

Mein bestes Stück richtet sich auf und ich gehe zur Tür, drehe den Schlüssel im Schloss und gehe auf Floris zu. Ich greife den Saum seines Shirts und ziehe es ihm über die Muskeln. Ich bin froh, dass Floris freiwillig die Arme hebt, denn es zeigt mir, dass er nicht vorhat einen Rückzieher zu machen und ich kann nicht wirklich glauben, dass ich es bin, der an dieser Stelle die Kontrolle übernimmt.

„Wow", raune ich ehrlich anerkennend und streiche über die glatte Haut und zeichne mit den Fingerspitzen die Muskeln nach. Floris zittert und ich steige aus meiner Shorts.

Ich sehe wie Floris auf meine Körpermitte starrt und trocken schluckt, denn vermutlich hat er gedacht, dass ich kleiner Nerd hier nichts zu bieten habe, aber ich denke, dass es hier eher um die Gene geht als um Sport und Training und ich weiß, dass ich so manchen Jungen um Längen schlage.

Floris steht da und sagt nichts. Ich würde ihn jetzt wirklich verdammt gerne küssen, weiß aber, dass ich mit solch einer Aktion jede Chance verspielen könnte und daher fahre ich mir der Hand sanft über die Bauchmuskeln Richtung Süden und als ich die Shortsbeule von Floris berühre, zuckt es unter dem Stoff, als würde der Inhalt einen Stromschlag bekommen. Ich ertaste den Umfang und die Länge von Floris' Freudenspender und ich weiß, dass er damit nicht gerade zu den Kleinen in seinem Team gehört. Ich massiere ihn etwas und sehe wie Floris schwitzt und spüre wie sein Verlangen in meiner Hand immer größer wird.

Da ich nicht weiß, wie lange es dauert bis mein Vater mit Kuchen oder einem Sixpack Bier an die Tür klopft, greife ich den Bund von Floris' Shorts und ziehe sie ihm inklusive der Boxershorts langsam unter die Knie.

Ich schaue Floris in die Augen und ich bin irgendwas zwischen überrascht und froh, als ich spüre wie Floris seine Hand auf meine Schulter legt und mich auf die Knie runterdrückt, denn jeder schwule Mann weiß, was diese Geste bedeutet und was das Gegenüber von einem erwartet. Ich schaue kurz hoch, sehe in Floris' Augen eine Mischung aus Geilheit, Verwirrtheit und Unsicherheit, also versuche ich ihm einfach das zu geben, was er verlangt und küsse die Spitze seines Babymachers. Floris zittert stark und ich halte mich an den trainierten Schenkeln fest, schiebe meinen Lippen sanft über die Eichel und innerhalb von Sekunden gibt Floris Geräusche von sich, von denen ich hoffe, dass sie nicht bis ins Wohnzimmer vordringen.

„George, ich kann …“, ist bereits nach wenigen Sekunden die Ansage des stolzen Quarterbacks und schon schmecke ich den süßen Nektar und Floris zuckt unkontrolliert, hält sich an meinen kurzen Haaren fest und viel zu schnell versiegt der Moment der puren Magie und Floris zieht mich auf die Beine. Ich grinse, verstehe die heftige und schnelle Reaktion meines neuen Kumpels als Kompliment und ich bin froh, dass wir relativ soft starten, denn wäre Floris das angekündigte Programm gefahren und hätte er mich wirklich entjungfert, vermutlich hätte nach ein paar Sekunden mein Dad die Tür eingeschlagen um mich zu retten.

Floris und ich schauen uns in die Augen und ich zögere etwas, nehme dann aber all meinen Mut zusammen und gehen an Floris' Ohr. „Du bist dran“, sage ich sanft und lege meine Hand auf die Schulter des Muskelpaketes und ich bin gespannt, ob der Starquarterback bereit ist auch vor mir auf die Knie zu gehen.


Floris


Ich habe gerade keine Zeit zum Nachdenken, deshalb folge ich einfach meinen Instinkten und grinse, noch immer die Nachwirkungen des heftigen Abgangs spürend. Es ist das sicher mit Abstand schwulste, was ich je getan habe, aber das ist mir egal. Ich greife George sanft am Hals und drücke meine Lippen auf seine.

Man muss kein Genie sein, um zu merken, dass dem kleinen Nerd fast das Herz stehen bleibt, aber er erwidert einfach. Wir atmen beide schwer und während unsere Zungen langsam zu tanzen beginnen, vergessen wir komplett aufs Luftholen. George fühlt sich weich und unberührt an, fast ein bisschen weiblich, im selben Moment erinnert mich das, was da zwischen seinen Schenkeln baumelt, daran, dass er ein ganzer Kerl ist!

Obwohl ich großen Respekt vor Mr. Sawyer habe, bin ich froh, dass es uns beiden zumindest vorübergehend gelingt, ihn auszublenden. Klar wäre es so ziemlich das doofste, was passieren kann, wenn Georges alter Herr jetzt an die Tür pocht, aber der Nerd hat ja glücklicherweise abgeschlossen.

Mein Puls und mein Herz arbeiten deutlich über ihrem normalen Pensum und ich vergleiche ihre Leistung ungefähr mit dem Moment, wo unser Team in einem wichtigen Spiel einen Touchdown erzielt.

Ich kann nicht erklären, woher dieses starke Verlangen kommt, diesem süßen Bengel so nahe sein zu wollen und wenn ich ehrlich bin, geht es sogar weit darüber hinaus.

George raunt und wimmert leise, als mein Kuss fordernder wird und ich zärtlich, aber mit etwas Druck in seine Unter- lippe beiße und sie langziehe. Die Nahkampfwaffe des Nerds pocht und tropft, als gelte es im Wettkampf den ersten Preis zu gewinnen, während meine sich bereits wieder aufrichtet.

Dass er mir heute mit wenigen Liebkosungen den besten und schönsten Höhepunkt seit einer kleinen Ewigkeit be- schert hat, behalte ich besser für mich, aber mir ist klar, dass ich mich revanchieren soll und auch will.

Der Nerd wehrt sich fast ein bisschen, als ich ihm meine

Lippen entziehen will, aber was muss, das muss. Ich kneife kurz in seine linke Brustwarze, um ihn ein bisschen abzulenken und gehe dann freiwillig direkt auf die Knie. Auge in Auge mit seiner dicken pochenden Eichel fühle ich mich im ersten Moment zwar etwas unwohl, aber ich gebe ehrlich zu, dass ich nicht nur Respekt empfinde, sondern auch Bewunderung. Wer mit so einem Speer ausgestattet ist, darf toppen und sein Recht einfordern!

Vielleicht stelle ich mich an wie der erste Mensch auf dem Planeten, aber ich versuche einfach das zu machen, was auch ich gerne habe, wenn meine Perle sich um meinen Großen kümmert oder vor wenigen Augenblicken noch der charmante Brillenträger, der meine Welt gerade auf den Kopf dreht. Zögerlich, aber mit genügend Entschlossenheit küsse ich die nasse Spitze seines Kolbens, lasse meine Zunge kreisen und entlocke George ein paar Laute, die ich so noch nie in meinem Leben gehört habe. Mit meiner Rechten ziehe ich die Vorhaut straff zurück und wiege anschließend die schwer und tief runterhängenden Eier.

Kurz mache ich mir ernsthaft Sorgen, dass der Nerd hyperventiliert, aber er hält sich an meinem kurzen Haarschopf und am Bettgestell fest und steht tapfer seinen Mann. Ob es ihm gefällt, daran besteht definitiv kein Zweifel.

Ich hole tief Luft und schiebe meine Lippen über den Schaft und schließe sie.

George erstarrt und zittert, als würde jemand Strom durch seine Venen jagen.

Ich grinse mit offenem Maul und schiebe mich tiefer auf den verdammt großen Kolben. Stoße aber schnell an meine Grenzen, denn schon als die Eichel nur ansatzweise meinen Gaumen berührt, würge ich das erste Mal. Allerdings scheint das den Nerd überhaupt nicht zu stören, denn er grunzt nur leise, wischt sich eine Träne von der Wange und atmet laut ein und aus.

Dummerweise sorgt meine Luftknappheit dafür, dass ich vor Schreck meine Zähne in die empfindliche Haut am Stamm grabe, aber ich werfe schnell einen entschuldigenden Blick nach oben und ernte ein herzliches Lachen.

„Immer langsam mit den Pferden, Großer!" George krault mich und ich sehe auf seiner Stirn Schweißperlen glitzern.

„Trinkt ihr anschließend ein Bier mit mir?", hören wir aus der Küche in unsere Richtung rufen, gedämpft zwar, aber deutlich wahrnehmbar.

Ich reiße die Augen weit auf und muss mir ein Lachen verkneifen, allerdings ist das, wenn einem so ein Großkaliber wie das von George gegen die Kehle drückt ohnehin nicht so einfach.

Der Nerd schnauft und flucht leise. „Äh, ja, Dad! Später gerne!" Er reibt sich die Schläfen und nickt mir ermutigend zu. „Weiter", keucht er.

Ich nehme meine Arbeit wieder auf und sauge mit viel Druck und rhythmisch und bewege meinen Kopf zum Rhythmus unserer pochenden Herzen. Was hier gerade zwischen Star-Wars-Poster, einem halb ramponierten Lego-Technik-Lamborghini und verschwitzten Trainingssachen stattfindet, übersteigt mein Verständnis für alles Logische. Ich lege all meine Leidenschaft in jede Liebkosung und auch wenn ich den stolzen Pimmel nicht mal ansatzweise ganz in meinen Rachen bekomme, so bemühe ich mich und gebe mein Bestes.

Tatsächlich geschieht es in einem unbedachten Moment, dass George sich plötzlich krümmt und explodiert. Mein Mund füllt sich mit seinem weißen Gold und ich schmecke es zum ersten Mal. Ich weiß, dass es einem Geständnis, bi zu sein, gleich kommt, wenn ich jetzt schlucke, aber das ist mir egal. Es gibt nichts Uncooleres als auszuspucken, ich denke, das weiß jeder, der gibt.

Dem Nerd schlottern die Knie und er braucht etwas, bis er

seine Sinne wieder beisammenhat. Dann aber zieht er mich hoch, drückt seine Lippen auf meine und wir vergessen die Zeit, seinen Vater, meine Kumpels, den Sport, die Schule und natürlich meine Freundin. Irgendwie ist das alles gerade nicht so wichtig.

George

Dass wir immer noch verschwitzt sind von unseren körperlichen Aktivitäten stört keinen der Beteiligten, als wir mit meinem Vater auf der Terrasse sitzen und ein Bier trinken. Floris und mein Dad unterhalten sich über Football und ich versuche in meinem Hirn das soeben Geschehene zu verarbeiten.

Ich schaue immer wieder zu Floris und der Umstand, dass das Laufshirt an seinem Körper klebt, ist eine Tatsache, die mir ein erneutes Kribbeln in den Lenden beschert. Ich habe keine Ahnung wie die Aktion von gerade eben einzuordnen ist, aber zumindest weiß ich, dass Floris vermutlich der Traumschwiegersohn meines Vaters ist und der Gedanke sorgt kurz dafür, dass ich lachen muss, was wiederum dafür sorgt, dass Floris und mein Dad ihr Gespräch kurz unterbrechen und mich fragend anschauen.

„Hol unserem Starquarterback und mir noch ein Bier", sagt mein Vater und Floris schaut mich an und ich nicke. Ich bin froh, der Situation kurz zu entkommen, denn auch wenn sich im Moment alles wie ein Traum anfühlt, so ist mir klar, dass Floris eine Freundin hat und ich maximal sein kleines Geheimnis werden kann. Klar würde ich mir wünschen, dass das mit ihm eine echte Chance hat, aber ich bin Realist und wenn ich ehrlich bin, ist all das, was bis heute passiert ist schon mehr als ein Wunder. Und alles begann mit einer Flasche Johnny Walker.

Ich bringe den beiden Kerlen ihr Bier und setze mich wieder dazu, einfach nur, weil es unhöflich wäre Floris mit meinem Dad alleine zu lassen, auch wenn ich um einiges lieber in mein Zimmer gehen, den Plattenspieler anwerfen würde und mir den Schweiß vom Körper waschen möchte.

Ich bin fasziniert wie lange man sich über Football unterhalten kann und so kommt es einer Erlösung gleich, als meine Mum auf die Terrasse kommt, um uns mitzuteilen, dass das Abendessen fertig ist. Mein Dad lädt Floris ein am Dinner teilzunehmen und ich muss zugeben, dass ich froh bin, als Floris dankend ablehnt und auf einen Haufen Hausaufgaben verweist, was mir die Vorlage gibt mich auch direkt nach dem Abendessen zurückzuziehen.

Verschiedener als Floris und ich es sind, kann man nicht sein und ich habe kurz das Gefühl, dass es meinen Vater vielleicht lieber wäre, wenn ich gehe und Floris bleibt, aber ich weiß, dass Dad mich liebt, aber gegen einen der besten Sportler der Highschool habe ich halt einfach keine Chance.

Als ich nach dem Duschen auf meinem Bett liege, drehen sich meine Gedanken um die Geschehnisse des Tages und ich spüre wir mir etwas warm ums Herz wird und ich frage mich selbst, was ich eigentlich glaube, was Floris von mir will.

Als ich am nächsten Morgen aufwache, sind meine Gedanken weiterhin bei Floris und ich packe meine Schulsachen zusammen, schnappe mir mein Pausenbrot und mache mich mit meinem Fahrrad auf den Weg. Ich habe mir vorgenommen cool zu bleiben, wenn ich Floris begegne, denn mir ist klar, dass ich ihn nicht belagern darf, denn bisher läuft es gut und entspannt zwischen uns. Ich will nicht, dass er gegenüber seinen Teamkollegen wegen mir in eine blöde Situation gerät. Deswegen verhalte ich mich wie immer, unauffällig, nerdig und ignoriere Floris so gut es geht.

Als ich mich in der Mittagspause aufmache, an den Strand zu gehen, um die Surfer zu beobachten während ich mein Brot esse, höre ich plötzlich Floris hinter mir.

„Ich habe heute noch Training, aber wenn du Lust hast, könnten wir am Abend noch eine Runde schwimmen gehen, du kennst doch sicher den kleinen See hinter meinem Haus. Was hältst du von so sechs Uhr?", fragt Floris und ich bin überrascht und spüre wie mein Herz etwas aus dem Rhythmus gerät.

„Äh. Klar, hab noch nichts vor", ist dann auch meine ehrliche und zeitgleich nicht sonderlich einfallsreiche Antwort.

„Sehen uns dann", erwidert Floris und ich schaue ihm nach wie er wieder in Richtung seiner Kumpels verschwindet. Ich esse mein Brot und bin froh, dass ich alleine am Wasser sitze, denn vermutlich würde mich sonst jeder, der mich sieht, fragen, warum ich im Kreis grinse.

Floris

Die Aktion mit dem kleinen Nerd gestern war überraschend gut und es wäre gelogen, wenn ich sagen würde, dass ich seither nicht ein paar Mal an ihn gedacht habe. Auch gehen alle lästigen Pflichttermine wie der Unterricht oder die Arbeiten am Biologieprojekt viel leichter von der Hand. Ich bin nur einmal kurz genervt, als Camila mich kurz vorm Mittagessen an den Abschlussball erinnert und sie mir mit der Ansage, dass wir am Freitagabend die erste Tanzprobe haben, fast den Appetit verdirbt. Ich möge sie nach dem Sport direkt am Bahnhof abholen und dass ich bei so einer Nachricht nicht vor Euphorie Luftsprünge mache, liegt daran, dass ich kein guter Tänzer bin und ehrlich gesagt nicht viel davon halte, wenn man sich zu Songs, die im Radio totgedudelt wurden, unrhythmisch hin und her bewegt. Na ja, lange Rede, kurzer Sinn – ich mache da nur mit, weil ich muss. Die anderen Dinge rund um den Ball, also das Trinken und Feiern und Camila danach betrunken ins Bett zerren, da bin ich definitiv ein Fan von, nur den Tanz könnten sie sich alle miteinander sparen!

Aaron reißt mich aus meinen Gedanken, nachdem ich kurz ein kleines Date mit George heute Abend klargemacht habe. „Alles gut bei dir, Großer?"

Ich bin kurz überrascht wegen der Frage, weil wir uns ja erst vor wenigen Minuten gesprochen haben, nicke aber. „Ja, klar, bei dir?"

„Du hängst aktuell echt viel mit dem Spast ab. So … nun ja, kenne ich dich gar nicht." Aaron kaut auf einem Trinkhalm herum.

Ich bleibe stehen und ordne meine Gedanken. „Also erstens ist George kein Spast und zweitens hole ich mir einfach nur ein paar Tipps, wie ich meine Geschwindigkeit verbessern kann." Himmel, warum rechtfertige ich mich gerade vor meinem Besten?

Aaron zieht beide Augenbrauen hoch. „Junge, hörst du dich selber reden? Du bist der schnellste von uns allen, deine Technik ist quasi unantastbar, du bist der King, Mann! Verschwende deine Zeit nicht mit so was, konzentrieren wir uns aufs echte Leben!"

Ich warte darauf, dass er jetzt eine Fahne auspackt und mit seiner Jubelrede beim Schulsender on air geht. „Bro, konzentrier du dich besser darauf, dass wir in einer halben Stunde in der Garage deines alten Herrn stehen und die Reifen vom Jeep wechseln!"

„Fuck, das habe ich fast vergessen, ist ja heute! Danke nochmal, dass du mir hilfst."

Ich habe meinem Kumpel versprochen, beim Montieren

der neuen Reifen zu helfen, weil sein Dad aktuell mit einem Bandscheibenvorfall out of order ist und Aaron zwar ein cleverer Bursche ist, von Mechanik aber nur bedingt Ahnung hat. Die alte Montiermaschine hat mein Vater seinem geborgt und so steht dem geplanten Bronachmittag nichts mehr im Wege.

Als hätte ich es gerochen, dass Aarons Mum gleich nachdem wir das Haus betreten, einen üppigen Lunch auftischt, habe ich glücklicherweise den ganzen Vormittag über nichts gegessen. Ich bedanke mich für die freundliche Einladung bei Mrs. Weaver und lange beim Süßkartoffelauflauf mit knusprigen Schweinelendchen ordentlich zu. Auf Nachschlag verzichte ich und reibe schuldbewusst meinen Bauch. „Mrs. Weaver, wenn ich noch einen Bissen esse, platze ich und kann nicht mehr beim Reifenwechseln helfen!"

Die rothaarige Mittfünfzigerin lächelt gütig und deutet auf den Kühlschrank. „Bier ist eingekühlt, viel Spaß, Jungs!"

Ich folge Aaron in die Garage, wo der Jeep steht, der schon fast Oldtimerwert besitzt. Da ich meinem Vater schon oft dabei geholfen habe, wenn er an seinen Karren rumgeschraubt hat, kenne ich mich tatsächlich ein bisschen aus mit Autos und es ist natürlich Ehrensache, dass ich meinem Bro unter die Arme greife, wenn er mich braucht. Ich ziehe mir Arbeits-

handschuhe an und hole den Wagenheber aus dem Koffer-
raum des Autos. In einer Ecke des Raumes stehen vier nigel-
nagelneue Geländereifen, mit denen die Weavers demnächst
viel Spaß haben werden.

Während ich den Jeep mithilfe des Hebers hochstemme, si-
chert Aaron den Wagen und so ergänzen sich unsere Hand-
griffe perfekt, eigentlich genau so wie es unter besten Freunden eben ist.

„Hättest heute Abend Bock, ein paar Bälle zu werfen oder
ins Kino zu gehen?" Aaron schaut mich erwartungsvoll an.

Für gewöhnlich würde ich jetzt erwidern, klar, nichts lieber
als das, aber heute Abend habe ich schon etwas vor. Nur dass
ich meinem Bro nicht sagen kann, was genau. Denn obwohl
es auch genausogut ein harmloses Treffen mit George sein
könnte, habe ich doch Hintergedanken. Und ein Teil von mir
hat Angst, dass Aaron das sofort merkt, wenn ich jetzt nur die
halbe Wahrheit sage. Und nein, ich schließe es vollkommen
aus, ihn einzuweihen. Das muss fürs erste mein dreckiges
kleines Geheimnis bleiben!

„Sorry, Mann, meine Eltern und ich gehen heute mit meiner Tante essen, sie feiert ihren Geburtstag nach und hat uns
eingeladen", lüge ich sehr unprofessionell.

„Oh.", entgegnet Aaron überrascht.

Ich hebe das erste Hinterrad von der Radnabe und wuchte es auf die Montiermaschine. Geschickt und schnell entferne ich den alten Reifen von der Felge, ziehe den neuen auf, wuchte das Rad und montiere es.

Ich spüre genau, dass mein Bester enttäuscht ist und hoffe nur, dass er mir die Lüge abgekauft hat. Wir machen zwei kleine Pausen, als ich das mit dem Abmontieren und neu Aufziehen drei Mal wiederhole, genießen zwei kühle Bier und quatschen noch ein bisschen über Gott und die Welt, aber ich habe die ganze Zeit das Gefühl, etwas Verbotenes vorzuhaben. Was natürlich völliger Quatsch ist!

Als die Arbeit getan ist, hat sich selbst in der sonst so angenehm kühlen Garage die Hitze so gestaut, dass ich mich gerne aus meinem Shirt schäle und dankbar das Feierabendbier entgegennehme, welches Mrs. Weaver uns gibt.

„Machen wir Sonntag was, läuft überhaupt was Gutes im Kino?", frage ich dann und genieße es, wie das prickelnde Malzgetränk meine Kehle hinunterläuft. Wir blinzeln in die Abendsonne und ich weiß, dass ich schon relativ knapp dran bin, wenn ich zum Date mit dem Nerd pünktlich sein will.

George

Dass ich am Abend eigentlich Dienst im Supermarkt habe, habe ich vor lauter Freude vergessen und so bleibt mir nichts anderes übrig als zu meinem Dad zu gehen und zu versuchen frei zu bekommen. Ich stehe vor meinem Vater und frage ihn ob er meinen Dienst übernehmen kann. Er schaut mich überrascht an, denn in all den Jahren habe ich ihn noch nie gebeten, meinen Dienst zu übernehmen.

Ich atme durch und berichte ihm, dass ich mich mit Floris treffen möchte und sofort erhellt sich seine Miene und er nickt. „Klar, nimm doch noch ein Sixpack mit", weist er mich an und ich stehe perplex da, als er sich wieder wegdreht und die Zeitschriften im Regal sortiert.

„Danke, Dad", entgegne ich kleinlaut, greife mir das Bier und gehe aufs Zimmer. Ich stopfe ein großes Handtuch und frische Badeshorts in einen Rucksack. Ich weiß nach wie vor nicht, was für ein Spiel Floris mit mir spielt, aber es ist das beste, was mir in meinem Leben bisher passiert ist. Ich habe etwas Angst vor der Bruchlandung, welche mit Sicherheit in

den nächsten Tagen folgen wird, aber jetzt ist erst mal genießen angesagt.

Ich schultere meinen Rucksack, schwinge mich aufs Fahrrad und bin eine halbe Stunde zu früh am vereinbarten Ort.
Ich schaue mich um und frage mich wieso ich noch nie hier
war. Der See sieht sauber aus, rundherum stehen hohe Bäume
und Sträucher und es wundert mich, dass nur sehr wenige
Menschen diesen schönen Platz hier kennen und nutzen.

Ich suche mir ein nettes Plätzchen, breite mein Handtuch
aus und ziehe mir das T-Shirt über den Kopf. Dann stelle ich
das Bier in den Schatten und teste das Wasser, indem ich einen
Fuß ins Nass halte.

„Und ich dachte ich wäre ein Streber, was Pünktlichkeit angeht", höre ich die mir so vertraute Stimme und wir begrüßen
uns mit einem herzlichen High-Five.

Floris hat eine Decke und ein Handtuch unter dem Arm
und ich mustere ihn, als er das Tuch ausbreitet.

„Fehlt nur noch der Picknickkorb", stellt der süße Sportler
fest und lacht.

„Ich denke den bewahrst du dir besser auf, wenn du wieder mit deiner Perle hierherkommst", sage ich und merke im

selben Moment, wie unpassend diese Aussage war und be-
reue sie sofort.

Floris zieht sich das Shirt über den Kopf und ich konzentriere mich voll darauf nicht zu sabbern, starre aber vermutlich
wie ein kleines Kind auf ein Stück Schokotorte. Hatte ich erwartet, dass wir uns jetzt beide ein Bier greifen und chillen, so
hat Floris andere Pläne. Ich sehe wie der Muskelprotz den
Bund seiner Shorts greift und diese zusammen mit der Undie
runterzieht.

„Ich mag den Platz, weil man hier immer ungestört ist",
erklärt Floris, dessen Haut jetzt in der Abendsonne glänzt und
ich kann es kaum fassen, dass er so gar keine Hemmungen hat,
denn Nacktheit ist etwas, das in meiner Familie eher ein
Tabuthema ist.

Floris geht direkt ins Wasser und kühlt sich ab und ich
stehe am Ufer und brauche etwas, zögere, steige dann aber
auch aus meiner Shorts und stehe nackt da. Ich schaue mich
um, befürchte irgendwie, dass es eine Falle ist, aber als nichts
passiert, entspanne ich mich langsam.

„Kommst du auch oder kannst du nicht schwimmen?", ruft
Floris gut gelaunt. Ich folge ihm ins Wasser und schwimme in
seine Richtung. Es ist nicht so, dass ich nicht schwimmen kann,

aber ich bin eher der, der am Strand rumsitzt und liest. Als Kind oder Jugendlicher kann man hier nicht viel anderes machen als Schwimmen, Beachvolleyball oder Surfen. Oder man ist eben ein Nerd wie ich und freut sich eher auf den neuesten Batmancomic.

Floris lacht, als er sieht, dass Wasser nicht wirklich mein Element ist und irgendwie bewege ich mich in der Gegenwart von Floris ständig auf unsicherem Terrain und ich frage mich wie ich den Spieß mal umdrehen könnte. Ich vermute aber, dass ein Treffen in der Bücherei eine kleinere Herausforderung für ihn darstellt als alles was ich mit ihm bisher erlebt habe.

Ich versuche mich hinzustellen, allerdings landen meine Füße im Nichts und so rudere ich kurz mit den Armen und ich höre Floris lachen und sehe, dass er auf mich zuschwimmt.

Ohne ein Wort zu sagen, greift er mich und drückt mich unters Wasser. Was zum Teufel? Floris hält mich für ein paar Sekunden so fest und zieht mich dann wieder hoch.

Ich pruste das Wasser aus, versuche mich zu beruhigen und sehe, dass Floris lacht und seinen rechten Bizeps küsst.

„Hier habe ich dich also auch im Griff", prahlt er und ich versuche zum Ufer zu schwimmen, um Floris den Zahn zu

ziehen, dass er mich überall kontrollieren kann, spüre allerdings recht schnell, dass er mich mit seiner Pranke am Fuß
packt und mich festhält. Ich frage mich ernsthaft, wie man
ohne festen Stand eine solche Kraft haben kann, dann erinnere
ich mich aber wieder an seinen dicken Oberarm und schnaufe.

„Bitte großer mächtiger Floris, lass mich los", bettle ich gespielt theatralisch. Floris grinst und zieht mich zu sich heran.
Ich spüre seinen krassen Muskelbody an meinem Körper, zittere und versinke in seinen wunderschönen blauen Augen.


Floris


„Die Anrede gefällt mir schon mal!" Ich habe meinen Arm
um Georges im Vergleich zu meinem eher schmächtigen Körper gelegt und demonstriere mit dieser Geste unmissver-
ständlich, dass ich Besitzanspruch erhebe. Wie dankbar mein
Gegenüber für diese Art der Zuneigung ist, manifestiert sich
in seinem Blick. Die ehrliche Bewunderung, die von ihm aus-
geht, berührt mich tiefer als ich zugeben möchte. Wären wir
jetzt ganz für uns in einem geschlossenen Raum, würde ich
den Burschen sofort küssen, denn es liegt ein Prickeln in der

Luft, wie ich es schon lange nicht mehr erlebt habe. So in der freien Natur, auch wenn es ein lauschiges Plätzchen ist, siegt aber die Vernunft und da ich weiß, dass ich einen Ruf zu verlieren habe, müssen wir uns zusammenreißen.

„Ich wusste gar nicht, dass du deine Hanteln mit ins Wasser nimmst. Kannst wohl nicht ohne dein Trainingsgerät sein", witzelt George, der ziemlich deutlich spürt, dass sich mein steifer Riemen schon wieder in Gefechtsbereitschaft befindet.

„Du kannst von Glück sprechen, dass wir hier in der Öffentlichkeit sind, denn sonst würdest du zu spüren bekommen, wozu die Hantel fähig ist", grunze ich und meine rechte Hand wandert tiefer und knetet den süßen Hintern des Nerds.

George schürzt seine Lippen und grinst schief. „Bis jetzt sind das alles nur leere Versprechungen."

Ich knurre. „Be careful, Kleiner. Der Zorn Gottes kann unerbittlich sein."

„Jaja, genau."

Ich beschließe, dem sexy Brillenträger noch eine Lektion zu erteilen und tauche ihn augenblicklich wieder unter, woraufhin er panisch losstrauchelt und verzweifelt versucht nach oben zu kommen.

Ich lasse ihn ein bisschen zappeln, kassiere im Anschluss ein paar entrüstete Blicke und fordere ihn zu einem kleinen Wettkampf heraus. „Na dann zeig mal, was du im Wasser so kannst", schlage ich vor und wir schwimmen zum Ufer.

Wir machen uns bereit, ich zähle von drei runter und wir kraulen beide so schnell wir können los. Ich habe einen kleinen Vorsprung, aber George schlägt sich wacker. Ich gebe zu, ich finde es schön, dass er sich so ins Zeug legt und mit mir mithalten will. Ich zügle mein Temperament und lasse ihn zumindest aufholen, gewinne aber trotzdem, als wir nach drei Runden in die Zielgerade einschwimmen.

George spuckt etwas Wasser aus, holt tief Luft und streicht sich über den Kopf. „Das ist aber nur, weil du größer bist als ich."

Ich lache herzlich. „Das ist so ziemlich der größte Schwachsinn, den ich je gehört habe. Als ob die Körpergröße was damit zu tun hat. Die Technik und die Kondition machen's, Kleiner!"

„Gilt das auch für den Bettsport?", kontert der freche Nerd und greift mir ohne Vorwarnung unter Wasser an meinen Kolben.

Ich bekomme große Augen und bin für einen Moment perplex, weil er mutiger ist als ich dachte. „Nicht ganz, denn da kommt noch die Größe hinzu.“

George schaut mir treudoof und verliebt in die Augen und schmunzelt. „Soso, das bedeutet also, dass ich toppen werde?“ Demonstrativ schiebt er seinen Unterkörper ein Stück vor und lässt mich Länge und Umfang seines Ständers spüren und will mich damit auf meinen Platz verweisen.

Gut, der Punkt geht an ihn, weil ich ihm in dieser einen Sache knapp unterlegen bin. Allerdings war mir nicht klar, dass die Rollenverteilung noch offen ist. Ich als Hetero und Alpha besitze wohl das Vorrecht, die aktive Rolle ausüben zu dürfen, wenn es ans Eingemachte geht.

„Träumer“, gebe ich zurück, klinge dabei aber nicht mehr ganz so selbstsicher wie sonst.

Was der Nerd dann macht, sprengt fast meine Sicherungen. Er nimmt unsere beiden Schwänze in die Hand, was nur so halb geht, weil sie natürlich zu groß sind, um sie komplett umfassen zu können und schiebt die Vorhaut quälend langsam zurück und wieder vor.

Unsicher schaue ich mich um, ob wir wohl wirklich noch alleine sind und ein Teil von mir würde ihn so gerne packen und einfach meinen Instinkten folgen, aber ich wage es nicht. Zumal ich Erklärungsbedarf hätte, wenn wir gesehen werden und so eine Meldung dann die Runde in der Stadt macht.

„Ich lass mir was einfallen, damit wir schon bald Zeit miteinander verbringen können, ungestört und ohne Stress, versprochen", flüstere ich George ins Ohr.

Der Nerd zittert. „Dann beeil dich mit dem Nachdenken und dir was einfallen lassen."

„Aye, aye, Käpt'n", erwidere ich, knuffe ihn liebevoll in die Seite und lege mich flach ins Wasser und lasse mich dahintreiben. Genieße für ein paar kurze Momente die Stille und stelle mir eine Welt vor, in der es egal ist, dass der Starquarterback auf Jungs steht. Klar, wir sind nicht mehr im Mittelalter, aber die Leute in meinem Umfeld sind altmodischer als man denkt und ich weiß nicht, ob ich wirklich bereit wäre, einen Schritt zu gehen, wo es dann kein Zurück mehr gibt.

Aber ich greife vor, zuerst mal heißt es für mich, die nächsten Spiele gewinnen, den Abschlussball hinter mich bringen und dann wartet auch schon das größte aller Abenteuer auf mich, das College. Mein Trainer würde mich gerne nächstes Jahr in Michigan sehen, mein Dad träumt davon, dass ich in Washington studiere und irgendwo dazwischen kommen dann meine Wünsche und Vorstellungen. In beiden Fällen wäre ich sehr weit weg von hier, was mich daran erinnert, dass das alles keine Zukunft hat, was Beziehungen betrifft, weder mit Camile noch das äußerst aufregende Spiel mit George.

Der Nerd holt mich aus meinen Gedanken und spritzt mir Wasser ins Gesicht. „Erde an Floris! Was hast du am Wochenende vor?"

Ich schnaufe, weil ich nun wieder an den nervigen Tanzkurs morgen denken muss. „Tanzen lernen, Training, ein Spiel und mit Aaron abhängen."

„Oh, das klingt nach einem vollen Terminkalender." George gibt sein Bestes, um nicht traurig zu klingen.

„Na ja, das Schicksal eines Footballhelden", gebe ich gespielt melodramatisch zurück.

Memo an mich, ich muss aufpassen, dass ich dem Nerd nicht allzu große Hoffnungen mache, denn es gibt zwei Fakten, die gegen das sprechen, was wir hier veranstalten. Der eine heißt Camile und der andere College. Zwei große C's und beide werden dem kleinen Spinner vermutlich noch einige Tränen bescheren.

George

Als ich von der Schule nachhause komme, habe ich mich schon auf ein ruhiges Wochenende eingestellt, als mein Handy klingelt. Es ist Susan, die Schwester meiner Mutter, also meine Tante und ich überlege kurz, ob ich überhaupt rangehen soll, denn es gibt nur eine Situation, in der Susan mich anruft.

„Hast du wieder Männermangel?", frage ich direkt, als ich den Anruf annehme und grinse, weil es derber klingt als es gemeint ist.

„Erstens, ich freue mich auch von dir zu hören. Zweitens, wenn ich Männermangel hätte, warum soll ich dich dann anrufen?", kontert Susan.

„Also brauchst du mich nicht für die Tanzstunde heute Abend, weil dir männliche Teilnehmer fehlen?", hake ich nach.

„Doch", gibt Tantchen zu.

„Und wieso rufst du dann mich an und rekrutierst nicht einfach mehr Kerle, die tanzen lernen wollen?"

„Du bist heute ziemlich böse", jammert Susan. Ich würde

sagen, der Punkt geht an mich.

Da ich am Wochenende bis auf zwei Schichten im Supermarkt sowieso nichts Besonderes vorhabe, sage ich zu. Es ist immer lustig in der Tanzschule. Meistens sind irgendwelche völlig überdrehten Mädels mit ihren besseren Hälften da, wobei die Kerle weder Lust noch Talent haben und ich frage mich oft, was die Mädels ihren Freunden versprechen, damit diese mit zum Kurs kommen. Vermutlich wäre die Geburtenrate in Marina nur halb so hoch, wenn es die Tanzschule nicht geben würde. Gerade kurz vor den Abschlussbällen ist in der Tanzschule immer die Hölle los und ein netter Nebeneffekt ist, dass Susan mir meistens etwas Geld zusteckt, wenn meine Füße hin und wieder für eine Stunde zum Drauftreten zur Verfügung stelle.

Ich lege auf und dann verfluche ich mich kurz selbst. Hat Floris nicht gestern erwähnt, dass er mit seiner Eule zur Tanzschule muss? Na das kann ja heiter werden, wenn dem so ist!

Ich bügle meine Tanzhose und mein Hemd und mache mich rechtzeitig auf den Weg zu Susan. Als ich ankomme, stockt mir wieder mal der Atem. Der sonst immer eher leger und sportlich gekleidete Floris steht in einem gut sitzenden Anzug in einer Ecke und seine Freundin hat ein Kleid an, das irgendwas zwischen Mauerblümchen und Verzweiflung schreit. Floris sieht unverschämt gut aus in der edlen Kleidung.

Der Kurs ist gut besucht und als wir starten und Susan die Menge zusammenruft, schaut Floris mich groß an, ganz so, als wäre ich der wiederauferstandene Elvis Presley.

„Herzlich willkommen in meiner Tanzschule. Ich freue mich immer, junge Leute für das Tanzen begeistern zu können und ich möchte euch die Sicherheit geben, beim Abschlussball eine gute Figur zu machen. Wir werden mit einem einfachen Walzer beginnen. Das ist mein Neffe George, einer der besten Tänzer der Stadt und wir werden euch heute zeigen, wie es mit Leichtigkeit geht und euch jeden einzelnen Schritt gut erklären und vorzeigen. Also los!“, flötet Susan und startet die Musik.

Susan und ich beginnen zu dem Dreivierteltakt zu tanzen und ich genieße es etwas, die bewundernden Blicke der Newbies zu kassieren. Dann stellen wir die Gruppe in die geschlossene Haltung, also in die Grundposition des Walzers und Susan und ich korrigieren die Tanzwilligen. Meistens hapert es an der Haltung, Körperspannung ist das Stichwort. Ich lasse es mir nicht nehmen gleich als erstes zu Floris und seiner Perle zu gehen. Floris steht da, als warte er darauf, dass ihm jemand einen Football zuwirft und ich grinse.

„Bitte etwas locker machen, wir sind hier nicht beim Footballtraining! Den Rücken gerade und die Hand darf gerne auch etwas tiefer gehen bei der Dame. Wichtig ist die Körperspannung ohne dabei zu verkrampfen.", erkläre ich höchst professionell und Floris starrt mich an und wird knallrot. Dann setzt er meine Anweisungen aber um und ich gehe zum nächsten Paar.

Das Tanzen klappt nach den üblichen anfänglichen Problemen ganz gut, Floris ist mit Abstand der schlechteste Tänzer und so hat er auch die komplette Aufmerksamkeit von Susan und als die Stunde viel zu schnell vorbei geht, ruft sie deshalb Floris und seine Partnerin zu sich und wenn ich in das Gesicht seiner Freundin schaue, bin ich mir gar nicht mehr so sicher, ob Floris heute Nacht noch Sex bekommt.

„Du solltest noch viel üben. Als Quarterback werden alle Augen auf dich und deine Partnerin gerichtet sein. Falls du zusätzliche Stunden brauchst, melde dich bei mir." Susan lächelt gütig und sowohl Floris als auch seine Perle bekommen einen hochroten Kopf, er aus Scham und sie, weil sie vermutlich gerade von dem Traum Abstand nimmt, Ballkönigin zu werden.

Floris

Ich weiß nicht, ob die Info, dass die Tanzlehrerin ausge-
rechnet Georges Tante ist, mir geholfen hätte, wenn ich sie
vorab gehabt hätte. Aber das spielt so oder so keine Rolle
mehr. Der Kurs war voller Fettnäpfchen für mich und dass ich
ein miserabler Tänzer bin, ist jetzt auch kein großes Geheimnis! Die anfängliche Freude über unser Wiedersehen ist komplett aus Camiles Gesicht verschwunden und das Donnerwet-
ter geht so richtig los, als wir bei mir zuhause sind.

„Weißt du, du könntest zumindest so tun, als würde es dich
interessieren. Ich verlange nicht mal, dass du dich bemühst
oder so, aber ein Quäntchen Begeisterung wäre schon eine
große Hilfe", zetert meine Süße los und ich sehe meine Chancen, heute noch Sex zu bekommen, ernsthaft dahinschwinden.

„Beim nächsten Mal gebe ich mindestens 150 Prozent", beteuere ich und vermutlich klingt meine Stimme genauso lust-
los wie mein Verhalten in der ganzen Tanzstunde war.

„Nur weil du im Football der unangefochtene König bist,
heißt das nicht, dass sich die Welt automatisch nur um dich
dreht." Camile schlüpft aus ihren Schuhen und massiert sich

kurz die Füße. Das ist der Moment, wo ich ihr Geseier auszublenden beginne.

Erst als ein Wort fällt, das mir so gar nicht schmeckt, klinke ich mich wieder in das Gespräch ein.

„Vielleicht solltest du Extrastunden nehmen. Diese Susan ist wirkliche eine tolle Tanzlehrerin.“

Ich gucke meine Freundin mit großen Augen an und nicke. „Ja, vielleicht ist das gar keine schlechte Idee.“

„Ihr Neffe scheint auch ein gewiefter Bursche zu sein, er besitzt ein gutes Gespür für Bewegung“, schwärmt Camile und ich grinse still in mich hinein.

*Baby, wenn du wüsstest, was ich mit George gerne alles anstellen würde, würdest du nicht mehr so gut von ihm denken,* ist einer der ersten Gedanken, die mich heimsuchen, als ich mich aus meinem Hemd schäle.

Wie erwartet, endet der Abend so, dass wir uns durch ein paar Comedyserien auf Netflix zappen und bis auf ein bisschen Fummeln und Knutschen, bleibt Camile dabei, mich für mein Vergehen zu bestrafen. Kein Bettsport und auch kein Austausch von Körperflüssigkeiten beim Duschen. Als wir frisch verliebt waren und die ersten Wochenenden zusammen verbracht haben, klebten wir im Bad ständig aneinander. Wir ließen keine Gelegenheit aus, uns näherzukommen. Davon ist aktuell nicht mehr viel übriggeblieben. Immerhin habe ich die Hoffnung, dass sich ihre Stimmung im Laufe des Samstags ändert.

Allerdings wache ich mitten in der Nacht einmal auf, gehe kurz aufs Klo, um zu pinkeln und schlurfe dann runter in die Küche, um ein Glas Wasser zu trinken. Normalerweise lasse ich mein Handy auf dem Nachttisch liegen, aber diesmal habe ich es mitgenommen und ich schreibe George ganz spontan eine Nachricht. Ich weiß, dass er schläft und es ist eigentlich idiotisch, auf eine prompte Antwort zu hoffen, aber tatsächlich vibriert mein Smartphone nach zwei Minuten und ich scrolle mich durch eine soeben erhaltene Message des süßen Nerds.

*Thx, war doch ganz lustig heute, oder? Solltest du nicht gerade dabei sein, deine Flamme zu beglücken?*

Mich irritiert der Teufels-Smiley, den er im Anschluss an den Text gesendet hat. Ich schnaufe und beginne zu tippen.

*Stimmt, Humor ist, wenn man trotzdem lacht. Ne, kein Schäferstündchen heute, wer beim Tanzen versagt, bekommt eben keine Belohnung.*

Keine Minute später trudelt bereits die nächste Antwort ein.

*Dann müsste ich, weil ich ja gut tanzen kann, heute Nacht eine doppelte Prämie bekommen, oder?*

Ich schmunzle und schreibe.

*Be careful what you wish for! Gute Nacht, Hübscher!*

Bevor ich es abschicke, lösche ich das Wort Hübscher nochmal weg, tippe es dann aber wieder hin, ich denke, wenn er das liest, wird der kleine Spinner für den Rest der Nacht kein Auge zutun. Das bringt mich zum Lachen und so wasche ich mir die Hände und gehe zurück ins Schlafzimmer.

George

Mein Wochenende verläuft eher normal bis auf die Tatsache, dass Floris mich in der Nacht zum Samstag als Hübscher bezeichnet hat, was definitiv dafür spricht, dass er nicht nüchtern gewesen sein kann.

Gerne würde ich mir den Spinner greifen und ihn fragen, wie sein Wochenende war und ob ihm seine Flamme seine Tanzskills doch noch entschuldigt hat, aber Aaron weicht ihm nicht von der Seite und da ich weiß, dass Aaron von mir ungefähr so viel hält wie ich von ihm, bleibe ich auf Abstand und konzentriere mich auf den Lehrstoff. Ich werde Floris nach dem Unterricht eine Nachricht schicken und ihn fragen wie sein Wochenende war. Fakt ist, dass der sonst immer gut Gelaunte heute etwas geknickt wirkt.

Ich steige nach der letzten Stunde auf meinen Drahtesel, als ich Floris' Stimme höre.

„George!", ruft er und ich bin überrascht, stoppe aber und drehe mich um. Floris kommt auf mich zu und ich sehe den abwertenden Blick, den Aaron mir von weitem zuwirft, als er stehengelassen wird, weil Floris mit mir sprechen will.

„Dir ist schon klar, dass jedes Mal, wenn du Aaron so links liegen lässt, er mich mehr hasst? Ich will ja nicht, dass dein bester Buddy eifersüchtig wird", sage ich und Floris schaut mich an und mir wird schnell klar, dass er nicht verstanden hat, was ich eben gesagt habe.

„Ich brauche deine Hilfe", sprudelt es aus ihm heraus.

„Willst du Tanzstunden oder soll ich dir aushelfen, weil du am Wochenende nicht zum Stich gekommen bist?", frage ich direkt und Floris' Kopf wird knallrot.

„Das war ein Scherz, beruhige dich. Wenn du einen Platz

hast, ich habe bis sieben Uhr Schicht im Laden, danach kann ich dir eine Privatstunde geben. Schreib mir einfach eine Nachricht. Ich denke du solltest zurückgehen bevor die Leute anfangen zu reden." Ohne groß eine Antwort abzuwarten, steige ich wieder aufs Rad.

„George?" Floris beißt sich auf die Unterlippe, als ich gerade in die Pedale trete.

„Danke. Du hast was gut bei mir!"

„Stimmt", erwidere ich und drehe mich nicht mal mehr um. Ich will nicht, dass Floris Probleme bekommt, weil er sich mit dem Nerd abgibt. Ich denke die ganze Fahrt daran, wie schlecht der süße Quarterback getanzt hat und überlege, wie ich aus dem Holzfuß zumindest einen passablen Tänzer machen kann.

Nach einer Dusche und den Hausaufgaben gehe ich meine Schicht im Laden an, als endlich mein Handy vibriert und Floris sich meldet.

*Sorry, dass ich mich erst jetzt melde. Habe lange überlegt, habe aber keinen Platz, wo wir zwei in Ruhe tanzen können.*

Ich schnaufe, telefoniere kurz mit Tante Susan und sie erlaubt mir ohne nervig oder neugierig zu sein die Trainingshalle zu benutzen.

*Halb acht in der Tanzschule!*

Ich weiß, dass die knappe Antwort nicht gerade vor Empathie strotzt, aber ich bin eigentlich der letzte, der Interesse daran hat, dass Floris und seine Perle beim Abschlussball die großen Stars sind, andererseits weiß ich, dass es meine Chance ist, mehr Zeit mit Floris zu verbringen. Ich will aber nicht, dass er den Eindruck bekommt, dass er nur einen Wunsch äußern muss und ich dann wie ein hirnloser Lemming alles daran setze, ihm diesen zu erfüllen.

*Du bist der Beste! Freue mich schon, Hübscher!* 😊

Ob ich will oder nicht, ich muss schmunzeln und der Rest meiner Schicht vergeht viel zu langsam. Ich mache mich so wie ich bin auf den Weg zu Tante Susan, um den Schlüssel zu holen und als ich in meinen schlichten Shorts und dem T-Shirt an der Tanzschule ankomme, falle ich vor Lachen fast vom Fahrrad. Floris steht am Eingang in seinem verdammt sexy aussehenden Anzug und starrt mich genauso unsicher an wie ich ihn. Dann prusten wir beide los.


Floris

Gut, mal abgesehen davon, dass ich mich gerade zum Idioten mache, fürchte ich, dass ich das im Laufe der nächsten 60 Minuten sogar noch steigern kann. Dass ich ohne Grund overdressed bin, lassen wir mal beiseite, George sieht mich immerhin an, als wäre ich der Catch of the Day in der Feinkostabteilung. Spätestens, wenn ich meine Füße hebe, um zu tanzen, wird mir klar, dass es noch ein langer Weg zum Ziel ist. Wobei man das in meinem Fall sicher nicht tanzen nennt, was ich hier mache. George scheinen die Gesichtszüge endgültig entglitten zu sein, als wir im Studio stehen und er ganz ohne Vorwarnung ein Foto von mir macht.

„Sorry, ist nur für mich, großes Indianerehrenwort, aber wenn's mir mal mies geht, will ich in Zukunft was haben, was mich wieder aufbaut", kichert er und seine Stimme überschlägt sich fast.

Ich grummle. „Wenn du das auf TikTok hochlädst, sorge ich dafür, dass das deine letzte Tanzstunde ist."

„Als ob ich so einen Blödsinn wie Social Media bräuchte", kontert der Nerd und schaltet die Stereoanlage ein. „Wir beginnen mit einem langsamen modernen Walzer. Überlass mir die Führung, beobachte, fühl dich rein und versuch mir im

Laufe des Liedes die Führung abzunehmen. Denk nicht zu viel, das bringt nichts beim Tanzen."

Ich schnaufe genervt, versuche mich zu konzentrieren und mir wird ein wenig übel, als ein Lied aus den Boxen wummert, das ich mir freiwillig unter keinen Umständen anhören würde. Dummerweise assoziiere ich es mit einem Date, welches echt mies gelaufen ist und das lag leider nicht nur am furchtbar schlechten Film, aus dem eben jenes Lied kommt. Christina Perri jault ihren abgelutschten Text von *A Thousand Years*, in denen sie, als ob sie wirklich schon so alt wäre, in irgendeinen armen Teufel verliebt ist und ich soll nun dem kleinen Spinner hier die Führung überlassen. Okay, da ich noch keinen Walzer kann, ist das vielleicht sogar das beste, was ich tun kann.

„Fühl die Musik, fühl die Leidenschaft, mit der sie singt", säuselt George.

Ich funkle ihn an. „Kleiner, überspann den Bogen nicht."

Der Nerd greift mich und wir begeben uns gegenüberstehend in die Startposition. George gleitet über den Boden wie ein eine Gazelle und ist dabei gleichzeitig aber so dominant und richtungsweisend, dass ich gar nicht anders kann als ihm zu folgen. Glücklicherweise stolpere ich nicht über meine eigenen Füße, zeichne mich aber auch nicht durch Taktgefühl oder Ähnlichem aus.

„Schau auf meine Schritte", weist George mich nun etwas sanfter an.

Ich kaue kurz auf meiner Unterlippe, etwas, was ich sonst nur selten tue und senke den Blick. Versuche mir die Schrittfolge zu merken und wenigstens ansatzweise ein Gefühl dafür zu bekommen. Dummerweise driften meine Gedanken aber schnell wieder ab und ich erinnere mich an die gestörte Uschi im Film, die sich einen Dreier mit einem Werwolf und einem Vampir gewünscht hat und dann schwanger wurde und irgendwie alle in den Wahnsinn getrieben hat.

„Du hast den Film aber nicht gemocht, oder?", frage ich neugierig.

Jetzt ist es George, der schnauft. „Floris, konzentrier dich und reiß dich am Riemen! Vielleicht bekommst am Ende der Stunde, wenn du brav bist, eine kleine Belohnung!"

Just in dem Moment, als die Perri im Song das Wort Darling haucht, packe ich George, ziehe ihn fest an mich ran und grinse. „Kleiner, die Belohnung hole ich mir so oder so und pass auf, was du über meinen Riemen sagst, denn das könnte dir zum Verhängnis werden."

„Du bist es, der Ballkönig werden will, also sieh zu, dass

du es lernst!" In Georges Stimme schwingt jetzt fast ein bisschen Unmut mit.

Als das Lied zu Ende ist, startet die nächste Vollkatastro-
phe und ich frage mich ernsthaft, ob George das mit Absicht
macht, dass er mich mit solchen Schnulzen foltert. Ed Sheeran
jammert *Thinking out Loud* und ich gebe mir Mühe, die ersten
Grundschritte in der Praxis anzuwenden, folge George an-
derthalb Minuten und beginne dann zu führen.

Der Nerd schmunzelt, nickt mir aber ermutigend zu und
wechselt in die Rolle der Frau. Ich bekomme einen Kloß im
Hals, als ich mir kurz vorstelle, nicht mit meiner Perle am Ball
über den Tanzboden zu fegen, sondern mit ihm. Schnell be-
sinne ich mich wieder und zähle still in Gedanken mit. *Eins,
zwei, drei, eins, zwei drei.* Zwar habe ich das Gefühl, noch immer eine Katastrophe zu sein, aber George lächelt. „Gut so,
das wird schon."

Ich kenne das so nicht, dass ich mir von jemandem etwas
beibringen lassen muss. Klar, in der Schule versuchen die Lehrer ständig uns was einzutrichtern, aber außerhalb und besonders im Sport bin normalerweise ich derjenige, der den Ton
angibt.

Bilde ich es mir ein oder verringert George den Abstand

zwischen uns, je länger dieses Lied dauert? Nicht dass es mir unangenehm wäre, aber als sich unsere Unterkörper kurz berühren, ist es, als würde Strom durch meinen Körper fließen. In meiner Anzughose wird es eng und ich schlucke trocken, als George sich am Ende des Tanzes vor mir verneigt und ich das Bedürfnis habe, ihn küssen zu wollen.


George


Ich überlege kurz, ob ich Floris scherzhalber fragen soll, ob er mit *mir* zum Ball gehen würde, schmunzle dann aber in mich hinein und grinse, als ich merke, dass sich in unser beider Hosen Beulen abzeichnen und sie aneinander reiben.

„Ich denke, dass du schon ein ganzes Stück besser bist als am Freitag", stelle ich fest und Floris nickt und schaut mich dankbar an.

„Danke, Kleiner, hast definitiv was gut bei mir", entgegnet der trainierte Hüne und ich nicke.

„Stimmt, an was hast du denn gedacht?", blaffe ich liebevoll und Floris, der sichtlich überrascht ist, denn vermutlich ist die Ansage – du hast was gut bei mir – für ihn nur eine Floskel, denn unter normalen Umständen wird vermutlich niemand darauf bestehen, dass er seine Schulden einlöst, schaut nur groß. Aber ich bin hier und gebe dem heißesten Quarterback, den die Marina High je hatte, Tanznachhilfestunden, also was ist schon normal?

Ich greife provokant an meine Shortsbeule, schmunzle und Floris lacht.

„Das kann nicht dein Ernst sein." Floris kratzt sich am Hinterkopf und ich gehe auf ihn zu, greife ihn einfach und drücke meine Lippen auf seine. Ich schiebe meine Zunge einfach durch seine Lippen hindurch und führe in dieser Situation genauso wie eben auf dem Tankparkett. Ich spüre, dass Floris zittert, willig erwidert und meine Hand wandert langsam über den Rücken zum kleinen knackigen Hintern meines Tanzschülers.

Ich grinse, denn es ist tatsächlich mehr als süß, wie unsicher Floris wird, wenn jemand anderes die Kontrolle übernimmt. Und vermutlich bin ich der letzte, von dem er erwartet hätte, dass er seine Superstarschale aufknackt. Ich gehe an Floris' Ohr, knabbere sanft am Ohrläppchen und flüstere dann: „Wie wäre es, wenn du mich belohnst, weil ich alles dafür tue, um aus dir einen richtig guten Tänzer zu machen? Danach belohne ich dich, weil du dich wirklich gut gemacht hast heute." Ich lächle und Floris denkt kurz nach, schaut sich dann um und nickt. „Deal!"

Als ich am Abend im Bett liege und versuche den Tag Revue passieren zu lassen, muss ich mir eingestehen, dass genau das passiert ist, was ich eigentlich vermeiden wollte. Ich mag Floris, sehr sogar und selbst das ist nur die halbe Wahrheit, denn die Gefühle, die der charmante Sportler in mir auslöst, gehen weit darüber hinaus. Dass wir uns auf Augenhöhe begegnen, ist ein Fakt, der mich immer wieder aus der Bahn wirft und als Floris und ich uns heute Abend gegenseitig erleichtert haben, fand ich beides himmelauferdenmäßig schön. Sobald ich nur daran denke, wie Floris sich hingebungsvoll um meinen Joystick kümmert, schlägt mein Herz schneller und mein Verstand blendet sich selbst aus. Ich weiß, dass ich keine ernsthafte Chance habe und es gibt so viele Gründe, warum meine Gefühle dumm sind, aber Gefühle interessiert es leider nicht, ob sie sinnvoll sind und so versuche ich mich langsam zu beruhigen. Als am nächsten Morgen der Wecker klingelt, habe ich kaum geschlafen und in der Zeit, in der ich geschlafen habe, habe ich von Dingen geträumt, die entweder

nicht jugendfrei sind oder so schmalzig, dass ich nicht darüber sprechen möchte. Fakt ist aber egal welches Szenario,
Floris war immer der Mittelpunkt!

Ich mache mich fertig für die Schule und freue mich darauf
Floris zu sehen, auch wenn ich weiß, dass ich innerhalb der
Mauern des Lehrinstitutes maximal ein Kamerad bin. Als ich
die Klasse betrete, sehe ich Floris wie immer an der Seite von
seinem Besten, Aaron, jedoch scheinen die beiden sich wegen
irgendwas zu streiten, ein eher seltener Anblick und ich
wüsste gerne, worum es geht, halte aber Abstand. Ich mag es
nicht, Floris traurig zu sehen, aber ich weiß, dass die beiden
Sandkastenfreunde sind und von daher mache ich mir keine
größeren Gedanken, es wird sich bestimmt wieder alles einrenken. In der Pause sehe ich, dass Floris allein auf einer Bank
sitzt, etwas, das ich, seit ich ihn kenne, nicht erlebt habe, ist er
doch sonst immer umworben wie ein Honigtopf von Bienen
und ich atme einmal tief durch, gehe dann in seine Richtung
und setze mich einfach neben ihn, denn er soll wissen, dass
ich da bin, falls er etwas auf dem Herzen hat.


Floris

„Vielleicht hilft es, wenn du einen alten Smashing-Pumpkins-Song ganz laut aufdrehst und irgendwas zertrümmerst?", sagt George ruhig und mit einem Unterton in der Stimme, wie sonst nie jemand mit mir spricht, als wäre ich auf Hilfe angewiesen. Was mich schon wieder irgendwie wütend macht.

„Du hast einen seltsamen Musikgeschmack", erwidere ich emotionslos.

„Solange er nicht ganz hoffnungslos ist", kontert George und lächelt, was ich aus den Augenwinkeln sehe.

„Wobei, das mit dem Zertrümmern finde ich gar nicht so schlecht." Ich atme tief ein und aus und versuche zu vergessen, dass Aaron und ich uns gerade gestritten haben.

„Ist schon okay, wenn du nicht darüber reden magst, vielleicht hast ja Bock, nach der Schule was zu machen?"

„Ich hab' Training."

„Darf ich zuschauen kommen?", fragt der Nerd vorsichtig.

„Könnte ich dich denn davon abhalten?", erwidere ich und im selben Moment, als ich es ausspreche, tut es mir irgendwie leid, weil das nicht gerade nett oder fair von mir ist und es ist nicht okay, dass George meine Wut abbekommt. Er hat schließlich nichts angestellt.

George lächelt halbherzig und nickt. „Okay, hab verstanden. Na meld dich, wenn ich dir helfen kann."

„Hey! Warte!", sage ich und muss den Impuls unterdrücken, nach seiner Hand zu greifen, als er aufsteht.

„Wenn du mir versprichst, deine Smashing-Pumpkins-Alben zuhause zu lassen, können wir uns später am Abend im Macys treffen. Also wenn du möchtest. Ich weiß, das ist ein komischer Laden, aber es gibt Self-Check-In und keiner stellt dumme Fragen."

Wenn es einen Gesichtsausdruck dafür gibt, dass jemand schockiert, überrascht, glücklich und noch mehr schockiert und das alles auf einmal ist, dann könnte es sein, dass George ihn in diesem Moment erfunden hat. „Äh. Macys? Dein Ernst?"

Ich zucke mit den Schultern „Ja?"

Der Nerd schluckt und schaut sich um, fast so, als würde er nach einer versteckten Kamera suchen. „Ja, also klar, gerne, ist jetzt zwar nicht das Ritz-Carlton, aber damit komme ich klar."

„Marina hat kein Ritz-Carlton“, lache ich.

„Gut, der Punkt geht an dich.“

Ich schaue George lange nach und denke darüber nach, ob es wirklich okay ist, so mit ihm zu spielen. Denn im Endeffekt ist es ein Spiel. Ich habe eine Freundin und bin nicht bereit, mich als bisexuell zu outen, geschweige denn zuzugeben, dass ich eine Liaison mit einem Jungen habe. Was George von vornherein ins Aus befördert und mir nicht das Recht gibt, mit seinen Gefühlen zu pokern. Aber es fühlt sich einfach schön und gut an, in seiner Nähe zu sein, Zeit mit ihm zu verbringen. Und ich habe es satt, das zu ignorieren. Vielleicht kann ich mit etwas Abstand von zuhause, in einem mehr oder weniger schäbigen Stundenhotel, mehr Klarheit über das, was ich will, erlangen? Und wenn nicht, vielleicht bekomme ich wenigstens für ein paar Stunden alle Zweifel und alles Nervige aus meinem Kopf. Denn dass George mir guttut, ist eins der wenigen Dinge, die ich mit hundertprozentiger Sicherheit weiß.

Das Footballtraining läuft so semi und Aaron und ich gehen uns zwar nicht aus dem Weg, aber mehr als belangloser Smalltalk findet zwischen uns nicht statt. Er hat mich am Vormittag direkt darauf angesprochen, was mit mir los ist und mich in die Ecke gedrängt. Das ist etwas, womit ich nicht klarkomme. Natürlich fiel auch Georges Name und das hat sämtliche Sicherungen bei mir durchbrennen lassen und ich habe meinem Besten gesagt, dass er mich in Ruhe lassen soll. Was dumm und kindisch ist, aber ich wollte diese Konversation nicht weiterführen.

Es tut gut, mich beim Sport etwas auszupowern, bringe heute aber nur etwa 75 Prozent meiner sonstigen Leistung. Was natürlich auch der Trainer merkt, der aber offenbar Nachsicht hat und mich nicht darauf anspricht.

Am Heimweg buche ich über die Homepage von Macys ein Doppelzimmer für eine Nacht ohne Frühstück, bezahle mit der Kreditkarte, die ich letzte Weihnachten von meinen Eltern geschenkt bekommen habe und auf der noch der Rest von meinen Ersparnissen ist.

Ich esse den Cesars Salat, den meine Mutter für mich vorbereitet hat und trinke einen Smoothie, den ich immer aus dem Obst mixe, welches ich noch in der Küche finde. Meinen Alten erzähle Ich, dass ich bei Aaron übernachte. Dann packe ich meinen Rucksack zusammen, überlege kurz, ob ich die Kondome einpacken soll, lasse sie dann aber zuhause, weil die Entscheidung mich gerade echt überfordert.

Das Macys befindet sich quasi direkt neben dem Freeway

in einer Gegend, wo ein paar große Firmen angesiedelt sind, die aber sonst nicht viel Besonderes bietet. George ist noch nicht da und so stelle ich mich alleine an den Computer mit dem Touchscreen, wo man den Check-In macht. Da ich schon vorab bezahlt habe, erhalte ich relativ schnell den Code fürs Türschloss des Zimmers im zweiten Stock. Ich schicke dem Nerd die Daten per SMS und gehe schon mal hoch. Mein Herz klopft schnell, weil dieses Treffen anders wird als unsere bisherigen. Hier in diesem billigen Hostel sind unsere Eltern und Freunde und Alltagsverpflichtungen weit weg und wir könnten zum ersten Mal überhaupt das tun, wonach uns der Sinn steht, wenn das denn ein Thema werden sollte. Und selbst, wenn wir nur quatschen und Musik hören, gehören die paar Stunden einfach uns.


George


Ich wüsste wirklich gerne, was Floris geritten hat, mich heute in ein Hotel einzuladen. Meine Eltern sind nicht grade begeistert, als ich erwähne, dass ich die Nacht nicht zuhause verbringe, denn wenn ich ehrlich bin, ist es das erste Mal, abgesehen von ein paar Schulausflügen, dass ich woanders schlafe. Groß im Urlaub sind wir auch nie, was durch den Laden, der uns ernährt, ziemlich schwierig ist.

Meine Mutter sträubt sich etwas, aber als ich erwähne, dass ich die Nacht mit Lernen, Musikhören und Playstationzocken bei Floris verbringe, ist mein Vater sofort einverstanden und somit ist die Sache gegessen. Ich dusche mich, steige in Shorts und Shirt und gehe mit einem gepackten Rucksack noch kurz in den Laden, um ein Sixpack Bier zu kaufen, als mein Vater nach mir ruft und mir grinsend eine Flasche Johnny Walker hinhält.

„Viel Spaß und grüß Floris von mir", sagt mein Dad und ich überlege kurz, ihn zu fragen, ob er lieber Floris als Sohn hätte, halte aber die Klappe, bedanke mich brav und stecke die Flasche in den Rucksack.

Ich steige auf meinen Drahtesel, als mein Handy vibriert und auf dem Display erscheint eine Nachricht von Floris mit der Zimmernummer und dem Türcode. Ich bin nervös. Mache mich aber auf den Weg und nach etwas mehr als zwanzig Minuten stehe ich vor dem Hostel und ich merke, wie mein Blutdruck und Puls immer höher raufgehen.

In einer perfekten Welt würde Floris jetzt bäuchlings und nackt im Bett auf mich warten, aber was ist schon perfekt und bei der Vorstellung grinse ich und gehe die Treppen nach oben. Vermutlich will er einfach mal entspannt chillen, quatschen und Blödsinn machen ohne dass seine oder meine Eltern in der Nähe sind oder er ständig Angst haben muss, mit einem unbeliebten Nerd gesichtet zu werden.

Ich atme tief durch, tippe den Pin in das Türschloss und öffne. Mein erster Blick geht aufs Bett, wo Floris leider nicht wie erhofft bereitliegt. Floris steht in nachdenklicher Pose am Fenster.

„Hey", sagt der sonst so selbstsichere Brocken von einem Kerl und es ist wieder einmal an mir, die Situation zu retten.

„Hey, Großer! Danke für diese doch sehr überraschende Einladung. Ich hätte dir die nächsten Tanzstunden aber auch gerne in der Tanzschule geben können", sage ich und Floris grinst.

„Wenn du bis morgen früh noch einmal das Wort Tanzen in den Mund nimmst, leg ich dich übers Knie und verhau dich!"

„Ist das eine Drohung oder ein Versprechen?", kontere ich und hole den Whisky und das Bier aus dem Rucksack.

„Nice, fehlt nur noch die Pizza", lacht Floris und ich gehe auf ihn zu und gebe ihm einen Kuss, etwas, das ihn sichtlich überrascht, aber wie erwartet leistet er keine Gegenwehr. Ich streife über seinen Rücken und lächle dann.

„Da ich ja weiß, dass du ein verfressener Sportler bist, habe ich an der Rezeption schon Pizzen geordert. Ich weiß ja, was du brauchst und dir guttut!" Ich öffne zwei Bier, gebe eines davon Floris und stoße mit ihm an.

„Nochmal danke für alles. Sei dir sicher, ich weiß, dass die Schule in wenigen Wochen vorbei ist und wir uns dann vermutlich nie wieder sehen werden, aber man darf doch träumen und ich lebe im Hier und Jetzt und nicht in der Zukunft", sage ich feierlich und ziehe Floris das Shirt über den Kopf. „Also schalten wir heute den Kopf aus und haben eine gute Zeit!"

Ich kneife Floris sanft in die rechte Brustwarze und der verdammt gut gebaute Recke jault kurz auf und knurrt dann.

„Süß", kommentiere ich Floris' Reaktion und als es an der Tür klopft, gehe ich und nehme die Pizzen entgegen.

„Ich schlage vor, dass wir uns erst mal um die Pizza und um das Bier kümmern und dann hole ich mir meinen wohlverdienten Nachtisch." Mit einem frechen Grinser zwinkere ich Floris zu.

„Ich denke wir klären die Rollen dann noch beim Armdrücken", schlägt mein Gegenüber vor und schmunzelt auch.

„Das ist ungefähr genauso unfair wie die Ecken eines Kreises berechnen", kontere ich und wir werfen uns beide auf das quietschende Bett, das vermutlich mehr dreckige Geschichten erzählen kann als jeder Schundautor.

Wir essen genüsslich die Pizzen fertig, starren uns an und wir wissen beide, dass es heute noch abgehen wird, die Frage ist nur, wer ins Kissen beißt oder ob wir es vielleicht sogar beide tun?

Floris

„Was ist nun? Traust du dich?" Ich grinse und spüle mein letztes Pizzastück mit etwas Bier runter.

George verschluckt sich fast. „Wie? Was?"

„Na Armdrücken!"

Der Nerd beißt sich auf die Unterlippe und ich muss mich

arg zusammenreißen, um ihn nicht einfach zu greifen und direkt zu vernaschen, so süß und verpeilt sieht er gerade aus.

George zuckt mit den Schultern, räumt den Tisch ab und krempelt seine kurzen Ärmel hoch, so dass er mir jetzt seine eher schmächtigen Oberarmmuskeln zeigen kann. Ich grinse, starte die Playlist auf meinem Smartphone mit einem alten Song von Machine Gun Kelly und mache uns beiden noch ein Bier auf.

„Und was genau klären wir jetzt mit dem kleinen Wettkampf?", fragt der Nerd gespielt naiv.

„Also zuerst mal ist das ein sehr wichtiger Wettkampf und wenn ich eines gelernt habe, dann dass man einen Gegner, der auf den ersten Blick körperlich unterlegen scheint, nicht unterschätzen sollte", kontere ich. „Und zweitens klären wir auf faire Weise, wer den passiven Part übernimmt, wenn es zum Äußersten kommt."

George funkelt mich an. „Soso, du denkst also, dass ich körperlich unterlegen bin?" Er versucht seine Muskeln anzuspannen, was ungefähr so aussieht, wie wenn Donald Duck einen auf He-Man, Master of the Universe macht. Fehlt nur noch, dass er jetzt laut *Bei der Macht von Greyskull* ruft!

Ich huste und grinse geheimnisvoll. „Na ja …" Mehr sage

ich nicht. Ist auch gar nicht notwendig.

„Na warte!", tönt der Nerd und platziert seinen rechten Ellbogen auf dem Tisch.

Ich sitze ihm gegenüber und greife seine Hand und wir begeben uns in die klassische Armdrückstartposition. Vermutlich ist es nicht gerade ein Nachteil, dass die dicke Ader an meiner Armunterseite gut zu sehen ist und mein Gegner beginnt den Countdown runterzuzählen.

Bei *Go* konzentriere ich mich darauf, den ersten Schub an Kraft, den George mir entgegensetzt, ganz entspannt abzuwehren, was mir ziemlich gut gelingt und ich habe Zeit, meine Attacke gut vorzubereiten. Als die Augen des Nerds größer werden und er schon etwas ins Schwitzen kommt, fange ich erst richtig an und bringe seinen Arm zum Zittern. Schon nach wenigen Sekunden klatscht Georges Arm auf den Tisch und ich triumphiere.

„Anfängerglück", kommentiert der freche Nerd das Geschehen.

„Meinst du?" Ich grinse siegessicher.

Georges Wangen leuchten tomatenrot und ich kann jetzt nicht anders als ihn einfach zu küssen. Spontan und zärtlich, voll ehrlicher Inbrunst und Zuneigung. Mein Gegenüber zuckt zusammen und will noch nach Luft schnappen, aber meine Lippen kleben schon auf seinen und ich merke, dass er gerne noch was sagen möchte. Also lasse ich kurz von ihm ab.

„Nennt man das nicht Beeinflussung der Gegenseite?", gibt George zu bedenken.

„Wie auch immer", erwidere ich, stehe auf, beuge mich über ihn, nehme ihm vorsichtig die Brille ab, ziehe sein Shirt mit einem geschickten Ruck über seinen Kopf und küsse ihn wieder, diesmal schon fordernder.

Der Nerd erwidert, leidenschaftlich und wenn ich das so nennen darf, ziemlich willig. Er atmet genauso schwer wie ich und befreit mich von meinem T-Shirt und lässt seine Finger über meine Brust und meinen Bauch wandern. Ich genieße jede Sekunde davon, weil ich spüre, mit welch entwaffnender Bewunderung er diese Bewegungen vollführt.

„Aber es ist noch nichts entschieden?!", keucht George in einer kurzen Kusspause.

„Ich denke schon", sag ich nur cool, greife ihn, hebe ihn hoch, als wäre er leicht wie ein Rucksack und trage ihn zum Bett.

Der gutaussehende Bücherwurm klammert sich an mir fest und seine linke Hand streicht prüfend über meinen geflexten

Oberarmmuskel.

Wir schauen einander in die Augen, während ich ihn auf die weiche Matratze lege. „Be careful, bitte", flüstert George und seine Stimme zittert.

Ich drücke meine Lippen erneut auf seine und lächle. „Na guut, aber nur, weil du es bist."

Der Nerd lacht und ich beginne ihn wie ein Weihnachtsgeschenk auszupacken.


George


Mayday, Mayday! Wir haben ein Problem! In mir steigt ehrlich Panik auf. Eigentlich war die Rollenverteilung von Anfang an klar, vermutlich genauso klar wie der Umstand, dass ich mich, egal was heute Nacht passieren wird, niemals dagegen wehren könnte.

Als Floris meine Boxershorts greift und nach unten zieht, ist nicht zu übersehen, dass ich durchaus in der Lage wäre, den starken Quarterback zu toppen. Floris ist on fire und hat, als er mich mustert, den Gesichtsausdruck eines kleines Kindes, welches sein erstes Toffeebonbon auspackt. Ich greife seine Boxershorts und entblöße sein Gemächt. Ich küsse die Spitze seines zuckenden stolzen Freudenspenders und Floris atmet schwer. Es ist als ob die Zeit stehen bleibt und ich möchte jeden Millimeter dieses perfekten Körpers in Ruhe erforschen, lecken und an den perfekten kleinen Brustwarzen knabbern und da ich diesen Wunsch auch in die Tat umsetze, würden wir vermutlich einen Eintrag ins Guinness Buch der Rekorde bekommen für das längste Vorspiel unter Männern. Zwischendurch bekommt Floris immer wieder Gänsehaut und als ich an seinen prächtigen Eiern sauge, ist es vorbei und Floris greift mich, legt mich auf den Rücken und platziert meine Schenkel auf seinen breiten Schultern. Floris küsst mich, schiebt mir ein Kissen unter den Hintern und dann spüre ich, wie der selbstbewusste Alpha seinen Babymacher ansetzt. Dann verliere ich die Kontrolle über mich selbst, ich sehe Sterne und vergesse zu atmen. Schweiß schießt mir aus jeder Pore und ich kralle meine Fingernägel in den Bizeps meines Partners. Auch von seiner Stirn tropft Schweiß auf mich herab und ich hoffe, dass schnell der Punkt kommt, an dem aus dem Schmerz pures Verlangen wird.

Als am Morgen danach die Sonne durch das kleine Fenster scheint, habe ich nicht wirklich viel geschlafen. Floris liegt hinter mir und hält mich fest, als wäre er ein hungriger Bär und ich seine Beute, ein Vergleich, der mich kurz schmunzeln lässt. Ich versuche aus Floris' Umarmung zu entkommen, aber er packt mich und zieht mich noch fester an sich heran.

„Wo willst du hin?", knurrt mein Footballheld und ich spüre, wie er seinen Unterleib noch fester an mich heran-drückt und was ich da an mir spüre ist einfach nur atembe-raubend. Was Floris in der letzten Nacht mit mir angestellt hat, ist ohne dass ich zu tief ins Detail gehen will, ungefähr das, was man erwartet, wenn man einen Häftling nach zehn Jahren Einzelhaft aus dem Gefängnis lässt. Spätestens jetzt bewun-dere ich Footballspieler noch mehr für ihre Kondition.

„Ich wollte kurz ins Bad", beteuere ich.

Floris lacht, schnuppert an mir und grinst dann. „Vielleicht gar nicht die schlechteste Idee, wenn wir beide mal 'ne Runde duschen!"


Floris

Zwei Fakten, erstens gibt es keinen Zweifel mehr daran, dass es den Himmel auf Erden wirklich gibt und ich weiß nun, dass dieser in Georges kleinem Heiligtum liegt und zweitens habe ich fast vollkommen vergessen, dass ich eigentlich hetero bin und eine Freundin habe. Wie gut oder schlecht diese Tatsachen sind, weiß ich noch nicht. Aber jetzt freue ich mich auf eine erfrischende Dusche und Kohldampf habe ich auch. Gut, wir müssen uns beeilen, da der Unterricht in einer knappen Stunde beginnt, aber ich lasse mir die Chance sicher nicht entgehen, den hottesten Hintern weit und breit nochmal nackt zu sehen.

Etwas, das sich für immer in mein Herz geprägt hat, war der Moment, als George bewusst geworden ist, dass wir jetzt wirklich miteinander schlafen werden. Die Verletzlichkeit und Nervosität in seinen Augen zu sehen, hat mich ehrlich gesagt tief berührt. Vielleicht weil mir da klar wurde, dass er sich gar nie getraut hat, zu hoffen, dass dieser Traum eines Tages wahr wird. Und dann komme ich daher und stelle sein Leben auf den Kopf. So wie er bei mir.

Wir knutschen und fummeln unter dem lauwarmen Wasser herum und lachen, weil wir uns dabei ertappen, wie wir mit unseren besten Stücken einen Lichtschwertkampf á la

Krieg der Sterne ausfechten. Und doch muss ich immer wieder auf die Uhr schauen, weil wir kein allzu großes Zeitfenster haben. Wären wir irgendwo in der Ferne und auf Urlaub hätte man mit Fug und Recht behaupten können, dass es ein romantischer Morgen wird, aber mit dem drohenden Mittwochsschulstress ist es dann doch eher ein kleiner Marathon. Das Frühstück besteht aus einem schnellen Kaffee und einem mit Butter bestrichenen Bagel und natürlich packe ich George ein, der eigentlich vorhatte, zu Fuß zur Schule zu laufen.

„Dir ist aber schon klar, dass die Glocke in einer halben Stunde läutet?"

Der Nerd schultert seinen Rucksack. „Ja, aber ich will nicht, dass die Leute doof reden, wenn sie sehen, dass ich aus deinem Wagen steige."

Ich schnaufe, wir checken aus und gehen zum Parkplatz. „Ich lass dich eine Straße vorher raus, wäre das ein Kompromiss?" Er hat ja nicht Unrecht. Einer der ersten, die mir wohl eine Standpauke halten würden ist mein Bester. Dem ich gefühlt eine Entschuldigung und mehr als zwei Erklärungen schulde.

George nickt. „Sonst sind wir spätestens nach der Mathestunde das Gesprächsthema der ganzen Schule."

Die Fahrt über schweigen wir, warum, das kann ich gar nicht so genau sagen, aber der Song von Blink 182, *Stay together for the Kids* ist irgendwie pure Ironie.

Gut eine halbe Meile vor dem Schulgelände biege ich in eine Seitenstraße ein, wo weniger Verkehr ist und ich würde den cuten Nerd verdammt gerne küssen und er mich wohl auch, aber die Angst davor, gesehen zu werden, ist dann doch zu groß. „Ich ruf dich an", sage ich so cool wie möglich und George lächelt, steigt aus und winkt kurz.

Nachdem ich eingeparkt habe, checke ich kurz den aktuellen Status meines Smartphones und mich erschlagen gefühlt hundert Nachrichten, Mails und entgangene Anrufe. Was grundsätzlich nichts Ungewöhnliches ist, womit ich mich aber erst später auseinandersetzen werde.

Cody und Aaron kommen um die Ecke getrabt und es ist zumindest bis zum Beginn der ersten Schulstunde, Englisch, alles so wie immer und das gibt mir wenigstens vorübergehend ein Gefühl von Sicherheit.

Natürlich muss ich die ganze Zeit daran denken, wie unendlich schön es war, George zu küssen, in ihm zu sein, ihn zu halten und neben ihm einzuschlafen. Gerade Letzteres ist nichts Selbstverständliches, immerhin sind wir uns erst seit kurzem nahe und vertraut und dass er ein Junge ist und kein Mädchen macht die Sache eigentlich noch mysteriöser und ja, auch verdammt besonders. Die Art, wie er sich mir geöffnet hat, meine Nähe genossen und sich mir hingegeben hat, das kenne ich so nicht. Ja, mit Camila ist der Sex toll und heiß, aber die letzte Nacht hat das Wort Sex für mich auf eine ganz neue Ebene gehoben.

Die Gedichte von John Keats, die wir gerade in Englisch durchmachen, könnten mir egaler nicht sein und die Freude darüber, dass die Pausenglocke ertönt, wird leider schnell zunichtegemacht. Aaron bittet mich um ein Treffen nach dem Unterricht und ich kann gar nicht anders als zuzusagen. Ich weiß, dass es nicht fair ist, dass ich ihm nicht die Wahrheit sage und ein Teil von mir würde genau das so gerne tun, aber ich weiß nicht, wie die Folgen aussehen.

Es hilft auch nicht gerade, dass Camila mir im Stundentakt schreibt und Videos schickt von Paaren, die einen langsamen Walzer tanzen und das vermutlich hundert Mal besser als ich es kann.

George

Ich bin froh den Schulalltag geschafft zu haben und in das Wochenende zu starten. Jedes Mal, wenn ich Floris sehe, möchte ich zu ihm gehen, ihn küssen oder mindestens umarmen. Ich bin ein Idiot! Dass das mit ihm und mir keine Zukunft hat, wusste ich von Anfang an, trotzdem habe ich Spast mich in den Quarterback verliebt. Dass Floris nie ganz fair gespielt hat, lassen wir mal kurz außen vor, aber die Nummer mit dem Hotel war schon echt nicht die feine amerikanische Art, denn es hat sich so verdammt gut angefühlt! Auch wenn ich inzwischen vermute, dass Floris ganz genau gewusst hat, wie die Nacht enden würde, dass ich ins Kissen beiße und er einen weiteren Triumph feiern kann. Vielleicht gehe ich gerade zu hart ins Gericht, aber es schmerzt, Floris ignorieren zu müssen und noch mehr schmerzt es, ignoriert zu werden.

Dass er in der Schule kein Wort mit mir wechselt, ist nachzuvollziehen, auch wenn es die letzten beiden Tage noch deutlich weniger war als die Tage vor unserem gemeinsamen Hotelabenteuer. Aber auch seine Reaktionszeit auf meine Nachrichten ist ungewöhnlich lang und die Antworten sind verdammt kurz. Vielleicht bilde ich es mir auch nur ein, weil ich so gern mehr von Floris haben würde. Oder vielleicht ist es auch einfach nur ein hochgefahrener Selbstschutz, um nicht noch mehr verletzt zu werden, wenn es zu der unausweichlichen Trennung kommt. Trennung? Trennen kann man nur etwas, das mal zusammen war, oder?

Ich liege auf meinem Bett und starre hoch an die Decke, als mein Handy zu vibrieren beginnt. Ich will nicht draufblicken und ich kann nicht sagen, ob es der Kopf oder der Bauch ist, welcher gewinnt. Schließlich greife ich das Telefon, hoffe natürlich, dass es Floris ist und als ich auf das Display schaue, verziehe ich das Gesicht, denn den Anruf von Tante Susan am Abend des Tanzunterrichts kann ich aktuell echt nicht gebrauchen. Eigentlich will ich das Wochenende anderweitig nutzen, um irgendetwas zu machen, nur nicht an Floris zu denken oder ihm beim Tanzunterricht zu begegnen. Ich drücke den Annehmen-Knopf, weil wenn ich es nicht tue, steht in zwei Minuten Mum mit dem Haustelefon in meinem Zimmer, also kann ich dem Unausweichlichen eh nicht entkommen.

„Hey, Tante Susan! Lass mich raten, du möchtest deinem Lieblingsneffen einfach nur ein schönes Wochenende wünschen?", säusle ich.

„Natürlich! Schließlich bist du mein absoluter Lieblingsneffe und gleichzeitig mein einziger Neffe", entgegnet Susan. Ich mag ihre Art, ihren Sarkasmus, etwas das so gar nicht zu der Grande Dame des Tanzes in einem konservativen Kaff wie unserem passt.

„Dir ist schon klar, dass nächste Woche der Abschlussball ist und wir heute nochmal Training haben?", fragt Susan.

„Wir? Dir ist schon klar, dass es für mich mehr ist als nur ein Abschlussball?", frage ich etwas genervt und die Veränderung in meiner Stimme bemerkt auch Susan, denn anstatt einer sarkastischen Antwort bekomme ich ein kurzes Schweigen.

„Mehr?", fragt sie dann etwas unsicher.

„Ja, mehr", knurre ich fast ins Telefon und ich weiß, dass sie die Hintergründe nicht wissen kann, aber Susan bleibt souverän und erwidert nichts.

„Es ist auch *mein* Abschlussball!", platzt es aus mir heraus. Ich kann Susan durch das Telefon trocken schlucken hören.

„Sorry, das hatte ich nicht mehr am Schirm", beteuert meine Tante und an ihrem Tonfall merke ich, dass sie es ernst meint.

„Schon okay. Sorry, hatte etwas Stress in der Schule", versuche ich die Situation etwas zu entschärfen, was mir auch gelingt, zumindest bis zur nächsten neugierigen Frage.

„Hast du denn jemanden? Also als Begleitung?"

Ich befinde mich irgendwo zwischen ehrlichem Zorn und dem verzweifelten Suchen nach meiner inneren Ruhe.

„Natürlich, ich konnte Lose ziehen bei der Auswahl an offen schwulen Highschoolboys, die mit mir zum Ball gehen wollen. Bin ja fast so beliebt wie unser Quarterback", blaffe ich und hasse mich in derselben Sekunde dafür, dass ich meine Gefühle nicht unter Kontrolle habe.

„Wenn du willst, kann ich mitkommen, dann zeigen wir allen, wie man tanzt", schlägt Susan und leider ist in diesem Moment meine Zunge schneller als mein Verstand.

„Du bist vor 30 Jahren nicht Ballkönigin geworden und wirst es heute auch nicht mehr", schnaufe ich genervt und im selben Moment bedauere ich es.

„Wenn du Lust hast oder reden willst, komm am Wochenende einfach mal vorbei, ich habe frisches Bananenbrot gebacken." Susan klingt jetzt – verständlicherweise - reserviert.

„Sorry, Susan, ich hab's echt nicht so gemeint", entschuldige ich mich und Susan lacht auf eine möglichst neutrale Art.

„Alles gut, George. Hab dich lieb", schließt sie das Gespräch und legt auf. Ich ärgere mich über mich selbst, weiß ich doch, dass sie meine Hilfe in der Tanzschule braucht und dass sie mich nicht einmal mehr gefragt hat, zeigt, wie sehr ich sie verletzt habe.

Ich bin im Moment wie eine tickende Zeitbombe, verletze Menschen, die mir viel bedeuten und ich weiß, dass ich das ändern muss. Ich stemme mich aus dem Bett, ziehe meine Tanzkleidung an und mache mich auf den Weg zur Tanzschule. Als ich dort ankomme, schaut Susan überrascht, nimmt mich in den Arm und flüstert mir nur ein sehr ehrlich gemeintes *Danke* ins Ohr.

Nach und nach trudeln dann die Tanzschüler ein und als einer der letzten kommen Floris und seine Perle. Es ist eigentlich Tradition an der Marina High, dass der Quarterback Ballkönig wird und so muss man, um Ballkönigin zu werden, einfach nur die Beine für den Quarterback breit machen und ich grinse bei dem Gedanken, dass ich jetzt streng genommen auch eine Ballkönigin bin.

Wir gehen direkt ans Training, denn es ist nur noch eine Woche bis zum Ball und somit ist dies die letzte Tanzstunde. Natürlich wird Susan die nachsten Tage noch einen guten Umsatz machen, indem sie einzelne Zusatzstunden gibt, wenn sie jemand braucht.

Ich gebe Hilfestellungen so gut ich kann, beobachte Floris

so unauffällig wie möglich, ignoriere aber seine Fehler komplett, denn um dieses Paar kümmert sich meine Tante höchstpersönlich. Ich glaube, dass dieses Jahr so ziemlich der schlechteste Jahrgang ever ist, wenn es ums Tanzen geht, was vermutlich daran liegt, dass die Schüler einfach kein Rhythmusgefühl mehr haben, was bei der modernen Musik aber auch kein Wunder ist, denn wann man da etwas mit dem Fuß wackelt und seinen Oberkörper bewegt, bedeutet das heutzutage ja schon tanzen.

Es ist eine Doppelstunde und die Zeit vergeht verdammt schnell. Ich frage mich ernsthaft, was Susan gemacht hätte, wenn ich wirklich den Dienst verweigert hätte, denn die Qualität, die gerade die Jungs an den Tag legen, ist furchteinflößend.

So buchen auch einige noch Nachhilfestunden bei Susan und als letztes stehen Floris und seine Süße in der Schlange, um sich Termine zu holen, wobei Floris immer wieder zu mir rüber schaut.

Ich zucke kurz zusammen, als ich die schrille Stimme von Floris' Freundin etwas sagen höre. „Er tanzt schon viel besser als letztes Mal, aber wir benötigen noch eine Stunde. Danke jedenfalls, dass Sie ihm schon so viel beigebracht haben."

Susan schaut überrascht. „Ich habe ihm keine zusätzliche Nachhilfe gegeben", entgegnet meine Tante nichtsahnend.

Die angehende Ballkönigin schaut zu Floris, ihr Kopf wird knallrot und es ist klar, dass er jetzt einen Einlauf bekommt, weil seine Freundin bestimmt denkt, dass er mit einem anderen Mädchen geübt hat. Ich überlege, ob noch genug Zeit ist für eine Portion Mikrowellenpopcorn, weil das jetzt sicher eine nette Show wird, atme dann aber durch und gehe zu den beiden.

„Hat die Tanzstunde, die ich dir gegeben habe, geholfen?", frage ich in Richtung Floris und die völlig überforderte Blondine starrt mich an und Floris beginnt zu stottern.


Floris


Das ist genau das, was ich gerade überhaupt nicht brauchen kann! Aber gut, wenn wir schon dabei sind, Augen zu und durch! „Ja, klar, Mann! Ist ja quasi Rettung in letzter Minute!" Ich lächle schief und mein Blick wechselt von Camila zu George zu Susan und ich kann es nicht verhindern, knallrot zu werden. Immerhin steht mir und meiner Flamme der Junge gegenüber, der seit Tagen dafür sorgt, dass meine Körpermitte rund um die Uhr gut durchblutet ist. Wenn Camila das wüsste, kann die kleine Küstenstadt den Notstand ausrufen, denn dann kann mir nicht einmal mehr das Militär helfen!

„Fein", grinst George und kaut auf seiner Unterlippe herum, während er die Liste mit den Terminen in eine Klarsichtfolie schiebt. „Einzig beim Tempo sehe ich noch Aufholbedarf, aber der Rest sitzt schön langsam."

Da hol mich doch der Teufel! Der genießt das ja richtig! Meine Nasenflügel beben und ich kassiere von meiner Perle ein Grinsen, welches pure Überlegenheit ausstrahlt. „Siehst du, das sage ich immer wieder. Auf das Tempo kommt es an!"

Vermutlich reden wir in der Zwischenzeit nicht einmal mehr vom Tanzen, sondern von anderen Qualitäten und schön, dass sich jetzt schon die Hälfte der Anwesenden darüber lustig macht, ich warte nur noch darauf, dass wir Leute von der Straße reinholen und sie fragen: *Was haltet ihr von Floris' Tempo beim Bettsport?*

„Stimmt es, dass die Songauswahl für den Walzer kurzfristig auf ein anderes Lied geändert wurde?" Camilas Blick durchbohrt George förmlich und ich möchte am liebsten einfach nur nachhause, den Sportkanal anmachen und mir eine erfrischende Dusche gönnen.

„Ich will nicht zu viel verraten, weil es ja noch eine Generalprobe an der Schule gibt, aber ja, da es ein Retro-Abend wird, hat sich das kreative Team für einen Klassiker von Seal entschieden." George schmunzelt geheimnisvoll und es fühlt sich wirklich so an, als hätte sich die ganze Welt gegen mich verschworen.

Als wir uns endlich auf den Heimweg machen, zwinkert der begabte Tänzer mir zu, so dass es niemand mitbekommt und ja, am liebsten würde ich Camila einfach die Wahrheit sagen und *ihn* mit nach Hause nehmen, denn genau das vermittelt mein Bauchgefühl mir und auf dieses kann ich mich so gut wie immer verlassen.

Ich muss kurz an Aaron denken und dass ich ihn gestern ein weiteres Mal vertröstet habe und mich darauf herausgeredet habe, dass Camila wegen dem Ball herumstresst und mich alles rund um die Schule und den Abschluss nur mehr nervt. Klar hat er mir geglaubt, er ist mein Bester, es ist seine Aufgabe mir zu glauben, aber ich komme mir immer schäbiger vor, weil ich mich in den Halbwahrheiten verstricke.

Zuhause in meinem Zimmer, als Camila die Tür ins Schloss fallen lässt, habe ich zum ersten Mal seit einer kleinen Ewigkeit das Gefühl, mich entspannen zu können. Die Freude ist allerdings nur von kurzer Dauer. Sie schnippt sich die Schuhe von ihren Füßen und fällt mir um den Hals.

„Oh Floris, endlich!"

Ich schlucke und erwidere den Kuss, den sie mir gibt. Allerdings vermisse ich das Ziehen in meinen Lenden und das vertraute Pumpen des Blutes, welches sich in meinem Schritt sammelt, also normalerweise. Zum einen bin ich sehr überrascht, dass meine Freundin Anstalten macht, mit mir intim werden zu wollen. Eine Sache, die schon lange nicht mehr von ihr ausgegangen ist, sondern meist von mir. Zum anderen spukt die Erinnerung an mein erstes Mal mit einem Burschen, George, in meinem Kopf herum und sorgt nicht gerade dafür, dass ich mich auf das bildhübsche Mädchen einlassen kann, das willig und leidenschaftlich seine Zuneigung zu mir zelebrieren möchte.

Natürlich merkt Camila sofort, dass etwas nicht stimmt. Es wird mein halbherziger Kuss gewesen sein und sie wird sich fragen, warum es in meiner Hose nicht schon heiß her geht und die Stelle im Schritt nicht ausbeult.

Ich würde gerne etwas Schlagfertiges erwidern, bringe aber nur ein leises Krächzen hervor.

„Laugt dich das mit dem Tanzen wirklich so arg aus?", fragt meine Süße und ich weiß nicht, ob sie die Frage ernst meint oder einfach nur etwas sagt, um das seltsame Schweigen zu unterbrechen.

Ich fahre mir durchs Haar, atme tief ein und aus und trete den Rückzug an, ergreife aber ihre Hand und ziehe sie mit zum Bettrand. Ich bin selbst über die Tatsache erstaunt, dass ich gerade null Bock habe, mit Camila zu schlafen, aber ich kann unmöglich so tun, als wäre alles in Ordnung.

Vielleicht ist es wirklich an der Zeit, die Karten auf den Tisch zu legen. „Können wir heute einfach nur quatschen oder Musik hören und nichts tun?" Gut, das sind mal wieder nur die halben Karten.

Meine Perle sieht mich an, als hätte ich ihr soeben verkündet, dass ich meine Footballkarriere an den Nagel hänge. „Wie meinst du das?" Ihre Stimme zittert.

„Ich bin müde und ich möchte dich nicht enttäuschen, muss einfach mal wieder meinen Kopf freikriegen, dann wird das schon wieder." Himmel, habe ich wirklich keine Eier? Ich klinge erbärmlich!

Wie gut, dass Camila mich nun aus der Reserve lockt. „Nein, das ist es nicht. Du bist schon die ganze Zeit so komisch und ich wollte nichts sagen, weil du viel um die Ohren hast und alles, aber jetzt will ich es wissen. Was ist los und warum windest du dich gerade vor Verzweiflung, eine Ausrede zu finden?“

Ich schnaufe. Okay, wenn sie darum bettelt, dann ist es wohl das Beste, die Wahrheit zu sagen. „Ich bin mir nicht mehr sicher, dass das zwischen uns gut ist und funktioniert. Es tut mir leid.“

Camila weicht sämtliche Farbe aus dem Gesicht. Sie schnappt nach Luft und schaut sich im Zimmer um, als suche sie etwas. „Fuck!“

Ich zucke zusammen, weil ich meine Flamme noch nie so fluchen gehört habe. Ich hebe meine Hand, um ihre Schulter zu berühren und sie zu beruhigen, aber Camila weicht mir aus und vergrößert den Abstand zwischen uns. „Nein, bitte lass mich. Was um Himmels Willen ist passiert?“

Das ist die Gelegenheit, etwas zur Sprache zu bringen, was alles aufklären könnte. Aber ja, wenn ich das jetzt bringe, weiß morgen meine ganze Verwandtschaft, die ganze Schule und sämtliche Teamkollegen inklusive Trainer, dass Floris Huisman auf Jungs steht und seiner Geliebten das Herz gebrochen hat. Meine Version der Geschichte wird so oder so niemanden interessieren.

Ich zaudere und balle meine rechte Hand zur Faust. „Sorry, dass ich ehrlich bin! Ich mag dich und du liegst mir am Herzen und ich will dir nicht wehtun." Dann versagt meine Stimme.

Camila steht auf und greift nach ihrer Handtasche. „Ich fahre nach Hause."

„Nein!", fahre ich sie an. „Auf keinen Fall. Es ist spät und ich weiß gar nicht, ob zu dieser Uhrzeit noch ein Bus geht." Verdammt, ich mache gerade alles falsch, was man falsch machen kann!

Sie stürmt aus dem Zimmer und bricht in Tränen aus. Ich zähle stumm die Sekunden und weiß, dass es nicht lange dauert, bis meine Eltern es mitbekommen und Partei für sie ergreifen.

„Floris!" Na bitte, meine Mutter ruft nach mir.

Gedankenverloren tippe ich die Buchstaben des Wortes *Hilfe!* in mein Handy, wähle als Empfänger George und drücke auf *Senden*.

George

Ich durchsuche gerade das World Wide Web nach etwas Entspannung vor dem Schlafengehen, als mein Handy vibriert, was um diese Uhrzeit mehr als ungewöhnlich ist. Ich greife es und lese die Nachricht.

Wie es scheint, hat mein Lover ein Problem und so antworte ich wenig einfallslos mit der Frage, was denn los sei.

Nach ein paar Messages, die wir hin und her schicken, wird schnell klar, dass Floris' Perle durchgedreht ist und er nun wohl im Zoff mit seinen Eltern von zuhause abgehauen ist. Ich frage Floris, ob er zu mir kommen will oder ob wir uns irgendwo an einem neutralen Ort treffen wollen und mir fällt fast das Smartphone aus der Hand, als er mir mitteilt, dass er auf diese Frage gehofft hat und bereits fast vor meiner Tür steht.

Ich gehe runter, öffne die Haustür und muss etwas schmunzeln, als ich sehe, dass der angehende Ballkönig noch immer seinen Anzug trägt. Ich lasse ihn rein und wir gehen schnell nach oben in mein Zimmer, denn ich habe keinen Bock, dass meine Mutter mit Kakao ankommt oder mein Vater mir wieder Floris ausspannt, um mit ihm über Football zu reden.

Als die Tür zu ist, wirft Floris sich auf mein Bett, drückt sein Gesicht ins Kissen und schnauft herzzerreißend. Ich starre auf sein Heck, setze mich neben ihn und knuffe ihn.

„Also wenn ich dir helfen soll, brauche ich schon ein paar mehr Infos. Was genau ist passiert und wo ist deine Perle eigentlich?", frage ich.

„Sie heißt Camila", erwidert Floris und ich genieße es ein bisschen, dass er sich an meiner Schulter anlehnt.

„Was los, hast du keinen hochbekommen oder was?", witzle ich und Floris wirft mir einen Blick zu, der mir zum einen verdeutlicht, dass ich damit ins Schwarze getroffen habe und zum anderen bin ich mehr als froh, dass er mir gegenüber positiv gestimmt ist, denn jeden anderen hätte er für diese Frage vermutlich aus dem Leben getackelt.

„Oh", ist dann auch meine an Intelligenz und Empathie kaum zu übertreffende Reaktion. „Das passiert den Besten", füge ich noch hinzu.

Floris schaut mich mit einem Blick an, den ich so noch nie an ihm gesehen habe und erst jetzt wird mir bewusst, dass ich ja schon so gut wie bettfertig bin und somit außer einer Boxershorts nichts anhabe.

„Sie wird sich sicher schnell wieder einkriegen. Sie wird nicht auf den Abschlussball mit dir verzichten wollen und vergiss nicht, wer du bist. Jedes Mädchen und vermutlich neunzig Prozent der Burschen an unserer Schule würden gern an deiner Seite sein", versuche ich Floris zu beruhigen. Er entspannt sich endlich etwas und sucht meinen Blick.

„Ist das so?", fragt Floris und ich nicke. Er setzt sich auf und greift mich. „Deshalb bin ich so gern bei dir. Du gibst mir das Gefühl, etwas Besonderes zu sein."

„Ich dir? Die meisten unserer Mitschüler wissen nicht einmal, dass es mich gibt, obwohl ich neben ihnen sitze. Deinen Namen kennt ganz Marina und alle bauen auf dich. Du wirst nächste Woche Ballkönig und ich denke ernsthaft darüber nach mit meiner Tante zum Ball zu gehen." Ich beiße mir auf die Unterlippe, denn das war jetzt vermutlich einen Tick zu viel Information.

„Dein Ernst?", grinst Floris und ich schnaufe.

„Soll ich da jetzt ernsthaft etwas dazu sagen?", kontere ich.

Floris drückt sich hoch, wuschelt durch mein Haar und öffnet sein Hemd.

„Ich denke, es ist verdammt klar, dass es nur eins bedeuten kann, dass ich bei Camila keinen mehr hochbekommen habe?", gibt Floris zu bedenken.

Ich schlucke und in mir arbeitet es. Will der attraktive Bengel mir auf diese Art und Weise sagen, dass er sich sicher ist, bisexuell oder gar schwul zu sein?

Ich setze alles auf eine Karte. „Und wieso hast du mich dann seit unserer Nacht im Hotel geghosted?", frage ich direkt und Floris wird knallrot.

„Also, ich wollte … na ja, ich konnte nicht …"

„Du kannst es dir nicht erlauben, mit einem Kerl in Verbindung gebracht zu werden? Auch wenn du für ihn mehr empfindest als für deine eigene Freundin?", halte ich dagegen und Floris schweigt, weil wir beide die Antwort kennen.

„Bist du jetzt hier, damit ich deine Männlichkeit wieder herstelle? Da fallen mir zwei Optionen ein. Entweder ich mache dir in der kommenden Nacht wieder dein Spielzeug oder du verprügelst mich so hart, dass mich meine Eltern nicht mehr erkennen und erzählst jedem, ich hätte dich angebaggert und dann eine gerechte Strafe dafür kassiert", sage ich und meine Stimme bricht fast.

„Das würde ich niemals tun und das weißt du", sagt Floris

wütend und ballt seine Fäuste.

Mir ist klar, dass ich gerade eine Grenze überschritten habe, aber ich muss auch auf mich achten und dass Floris nicht mit mir zum Ball gehen wird und zeitnah auf ein College wechseln wird und eine gemeinsame Zukunft so oder so zum Scheitern verurteilt wäre, wissen wir beide. Auch wenn wir es seit Tagen bestmöglich ignorieren.

„Darf ich heute Abend hierbleiben?", fragt Floris nun etwas ruhiger und ich zögere, denn ich weiß, dass es die Situation zwischen uns nur noch komplizierter macht.

„Bitte!"

Ich schaue auf mein kleines Einzelbett, welches noch aus Kindertagen stammt und dann zu Floris.

„Ich penne auch auf dem Fußboden", bettelt der süße Bursche und ich grinse.

„Wie wäre es mit Fußende?", frage ich grinsend und Floris schnauft.

„Wäre mal was Neues, aber ich bin empfindlich an den Füßen. Könnte also sein, dass du in der Nacht ein paar Kicks bekommst."

Ich streife Floris das Hemd vom Körper und muss mich zusammenreißen, um ihn nicht aufzufressen. Ich spüre wie er mich aufs Bett wirft und schon wenige Sekunden später bin ich unter den Muskeln von ihm begraben. Willig lasse ich es zu, dass er seine Zunge zwischen meine Lippen schiebt.

Dann schaut Floris mir in die Augen. „Ich habe keinen Bock mehr auf Versteckspielen", sagt er und selbst wenn ich wollte, könnte ich mich nicht gegen seinen unbändigen Charme wehren.

Floris

Ich versinke in dem Verlangen, diesen unendlich süßen, unschuldigen Jungen bis ans Ende der Zeit festzuhalten, zu liebkosen und in ihm zu sein. Georges Körper ist wie Samt, gibt sich meinem Willen und meiner Kraft hin, als wäre es das Selbstverständlichste auf der Welt und plötzlich ergibt wieder alles Sinn. Der Platz, wo ich bin, der Mensch, mit dem ich jetzt zusammen bin, alles.

Warum habe ich mich nur die ganze Zeit über vor Camila

und meinen Kumpels verstellt? Egal, nun ist alles gut und die Probleme rund um Camila und die Vorwürfe, die meine Eltern mir noch machen werden, all das ist weit weg und vielleicht kümmere ich mich morgen darum.

Apropos nächster Morgen.

„Ich habe dir doch schon hundert Mal gesagt, dass du die weiße und die bunte Wäsche tre…" Georges Mum steht im Türrahmen und ihre Mimik friert ein, als sie uns beide im kleinen Bett eng aneinandergekuschelt sieht.

Sie hustet. „Verzeihung, ich …"

„Mum!" George reibt sich die Augen und wirft ein Kissen nach ihr. „Schon mal was von Anklopfen gehört?"

Ich würde mir am liebsten die Bettdecke über den Kopf ziehen oder mich einfach in Luft auflösen, weil die Situation kaum peinlicher sein könnte.

Georges Mutter schirmt sich viel zu spät die Augen ab und tut so, als hätte sie nichts gesehen. „Ich bin schon weg! Alles gut!"

Mein Herz rast, aber als sie die Tür hinter sich schließt, pruste ich los, weil es nicht nur cringe, sondern auch verdammt lustig ist, was eben passiert ist.

„Mist", flüstert mein cuter Nerd, der sich streckt und in dieser Bewegung unabsichtlich an meinem nackten Körper reibt.

„Was denn? Halb so wild", erwidere ich und ziehe ihn noch fester an mich heran und küsse ihn.

George streckt seinen Arm aus, um meine Wange zu streicheln und ich grinse, als ich sehe, dass sich um seine Mundwinkel etwas eingetrockneter Sabber gesammelt hat.

„Ich habe heute die Nachmittagsschicht im Laden, muss zusehen, dass ich in die Gänge komme", flüstert mein Bettgeselle.

„Und wenn ich dich nicht gehen lasse?"

„Hey, du bist hier maximal geduldeter Gast, also halte mal schön den Rand und sieh zu, dass du deinen Hintern unter die Dusche schwingst!"

Ich lockere die Umklammerung und schnuppere an mir. Okay, der Punkt geht an den kleinen Spinner. Ich rieche wirklich nicht mehr besonders frisch. „Kann ich mir was von dir ausborgen zum Anziehen?"

George schmunzelt. „Weiß noch nicht, vielleicht jage ich dich ja nackt zum Footballtraining!"

Damn, stimmt, das Training ist ja auch heute! Sofort sind meine Sinne geschärft und mein Kreislauf ist wieder on top.

„Na dann hoffe ich mal, dass das Bad frei ist!" Ich binde mir ein Handtuch um die Hüfte und spähe neugierig auf den Gang hinaus. Die Luft ist rein. Gut! „Bitte sag mir, dass wir nicht zusammen mit deiner Ma frühstücken!"

„Jetzt, wo du es erwähnst …"

„Vergiss es!", kontere ich, greife eine Shorts, die in der Nähe vom Türrahmen am Boden liegt, knüll sie zusammen und werfe sie nach George.

Ich husche so schnell ich kann zwei Türen weiter ins Bad, stelle das Wasser auf kalt und genieße die Dusche, die mich daran erinnert, wie schön die vergangene Nacht war. Ich blende aus, dass ich gefühlt zwanzig Nachrichten von Camila auf meinem Smartphone habe, fünf verpasste Anrufe von meinen Eltern und eine Message von Aaron.

Mit George ist alles einfach, wenn ich mal vom Umstand absehe, dass ich nicht geoutet bin und meinen Beziehungsstatus gerade nicht so hundertprozentig weiß. Aber es tut gut, dass es etwas in meinem Leben neben dem Sport gibt, das mich pusht und wo ich ganz ich selbst sein kann.

Dass ich keinen Bock auf Zoff mit meiner Experle – ist sie

das schon? – habe, ist amtlich. Genauso wenig will ich mich mit den Fragen meiner Erzeuger auseinandersetzen.

Der Gedanke, dass sich Georges Eltern auch in diesem Raum waschen und vermutlich täglich nackt herumlaufen, wobei laufen schwierig ist, weil es ja nur gefühlt drei Quadratmeter Fläche sind, jagt mir einen Schauer über den Rücken. Ich frage mich, welches der benutzten Handtücher, die an kleinen Metallhaken an der Wand hängen, das von George ist und stelle das Wasser ab. Greife das Handtuch, welches ich aus seinem Zimmer mitgebracht habe und trockne mich ab.

Wieder zurück in Georges kleinem Reich steht er nur mit einer Shorts bekleidet da und hält mir einen Becher Kaffee entgegen.

„Danke, Kleiner!", grunze ich leise, nehme das Heißgetränk und küsse meinen charmanten Gastgeber.

George lässt seine Arme um meine Hüften wandern und drückt sich schamlos mit seiner Körpermitte gegen meine und seine Finger zeichnen die Rillen meines Sixas nach.

„Vielleicht sollten wir den Rest deiner Familie zum Zuschauen einladen und Eintritt verlangen", grinse ich und der freche Nerd verpasst mir einen sanften Haken in die Seite.

„Hau jetzt besser ab!"

„Besser ist's", erwidere ich und küsse ihn ein weiteres Mal und beiße diesmal etwas fester in seine Unterlippe.

„Hier sind ein T-Shirt und eine Jogginghose, klar, könnte von der Größe her eine Nummer zu klein sein bei deinen Muskeln, aber that's life!"

Verdutzt schaue ich auf die Klamotten, die ausgebreitet am Bett liegen. „Dein Ernst? Das sind zwei, nein drei Nummern kleiner!"

George zuckt mit den Schultern und trinkt seinen Kaffee leer.

Er amüsiert sich einen Tick zu sehr, als ich meine Tasse abstelle und mich in die gefühlte Kindergrößesachen zwänge.

Ich schnaufe. „Schnauze!"

George ahmt ein Zuzippen seiner Lippen nach und wirft den imaginären Schlüssel weg.

„Ich werde das mit Camila heute klären."

Nun entgleisen dem Nerd sämtliche Gesichtszüge. „Wie meinst du das?"

„Na, dass ich keinen Bock mehr auf Lügen habe, ganz einfach."

„Wow." George schaut nachdenklich ins Nichts und ich kann nur erahnen, dass ihm gerade hundert Fragen durch den Kopf gehen.

Klar löst es nicht das Problem, dass ich im Herbst vermutlich weit weg von Marina sein werde, aber ich muss langsam lernen, meinen Mann zu stehen und wenn dies heute der erste Schritt dazu ist, dann möge es so sein!

„Ich …" George hält inne.

„Ja?"

„Ach! Tu nichts, was du später vielleicht bereust."

„Spinner!"


George


Ich höre den ganzen Sonntag nichts mehr von Floris, was mich zugegebenermaßen ziemlich traurig macht. Zum Glück lenkt mich die Schicht im Laden gut ab, auch wenn ich gefühlt alle zwanzig Sekunden auf mein Handy starre. Ich beginne auch mehr als ein Dutzend Mal eine Nachricht an Floris zu verfassen, aber ich bin der Meinung, dass er in der Pflicht ist, sich zu melden, woher auch immer diese für mich gar nicht so typische Attitüde kommt.

Ich schlafe überraschend gut und bin gespannt, wie Floris reagiert, wenn wir uns heute in der Schule begegnen. Die Sonne scheint und ich habe auch schon meine ersten beiden Kaffees intus. Ich weiß gar nicht, was mir diesen Morgen verderben könnte, aber wie es eben so ist, kommt das böse Erwachen schneller als man denkt.

„Ich brauche deine Hilfe", höre ich eine Stimme, die meinen Blutdruck etwas steigen lässt, nur leider nicht im positiven Sinn.

„Guten Morgen! Haben wir schon mal miteinander gesprochen?", frage ich freundlich, stelle mich dumm und schließe die Tür zu meinem Spind.

„Ja klar, in der Tanzschule", entgegnet Camila und ich nicke.

„Okay, ich meinte jetzt auch eher privat. Ich gehe ja auch nicht einfach so zu jemandem hin und bitte ihn um Hilfe, wenn ich ihn nicht kenne."

Camilas Gesichtsfarbe wechselt zu einem dunklen Rot und ihre Atmung wird schneller. „Weißt du, was mit Floris los ist?", fragt sie mich direkt und unverblümt und ich schaue sie fragend an.

„Inwiefern?" Ich versuche Zeit zu gewinnen, damit ich nachdenken kann und bin gespannt, was Camila antwortet, denn ich gehe nicht davon aus, dass sie detailliert beschreiben wird, was neulich zwischen ihnen passiert ist.

„Na ja, er ist irgendwie anders." Camilas Stimme klingt traurig und ich muss mich zusammenreißen, um nicht grinsen zu müssen.

„Das ist sehr allgemein gesagt. Vielleicht hat er ja Kopfschmerzen oder einfach ein bisschen Bammel vorm Tanzen am Samstag." Innerlich wächst meine Abneigung gegenüber Camila mit jeder Sekunde, gleichzeitig bin ich wirklich enttäuscht, dass Floris scheinbar doch nicht den Mumm hatte, mit ihr zu reden, denn sie ist vollkommen und absolut ahnungslos.

„Er ist sicher nur nervös wegen dem Ball", sage ich und hoffe, dass das unangenehme Gespräch damit beendet ist.

„Er ist nervös? Ich bin diejenige, die vermutlich nach dem Abend Plattfüße hat, weil er ein Rhythmusgefühl wie ein Pinguin hat", faucht Camila und ich schmunzle, weil der Vergleich von einem Muskelprotz wie Floris mit einem Pinguin irgendwie echt lustig ist.

„Hast du einen Plan B?", frage ich sie direkt und Camila schaut mich an, als hätte ich ihr gerade gesagt, dass es den Weihnachtsmann nicht gibt.

„Wie meinst du das?"

„Na ja, vielleicht hat Floris ja keine Lust mehr mit dir zum Ball zu gehen." Ich weiß, dass ich mich damit sehr weit aus dem Fenster lehne, aber das ist mir schön langsam wirklich egal. Es dauert nicht lange bis Camila komplett die Fassung verliert.

„Wenn es eine Andere gibt, sollte sie mir nicht unter die Augen treten, denn dann rasiere ich ihr den Kopf und benutze ihren Skalp als Schrubber", zetert die Blondine, dreht sich um und ich atme tief durch.

Ich greife zu meinem Handy und tippe eine Nachricht an Floris.

*Wir. Müssen. Reden!!!!!!*

Ich will mein Telefon gerade zurück in die Hosentasche schieben, als es vibriert.

*Oh. Das klingt dringend. Um sechs Uhr abends bei dir?*

Ich bestätige das Date und bin den Rest Tages geistig nicht

mehr wirklich beim Unterricht, denn die Aktion mit Camila geht mir nicht aus dem Kopf. Ich bin mehr als gespannt auf die Erklärung, die Floris mir am Abend präsentieren wird.

Je weiter die Uhr auf sechs zugeht, desto nervöser werde ich. Ich stehe frisch geduscht auf der Veranda und warte, dass Floris eintrifft und mir sein feiges Verhalten erklärt und ich muss zugeben, dass ich am liebsten heulen möchte, als um halb sieben weder eine Spur von Floris zu sehen ist noch irgendein Lebenszeichen auf mein Handy eingeht. Ich will gerade zurück ins Haus gehen, als ich ein Motorengeräusch höre und ich atme durch, drehe mich um und versuche entspannt zu wirken.

Floris

Ich habe Mist gebaut und bin schuldig im Sinne der Anklage. Ich weiß, dass Reue mir keine großen Pluspunkte einbringen wird, aber vielleicht kann ich George mit einem Kuss besänftigen. Irgendwie bin ich erleichtert, dass er selbst die Tür öffnet und nicht seine Eltern, vermutlich arbeiten die gerade im Supermarkt.

„Warum hast du ihr nicht die Wahrheit gesagt?“

Ich stehe mit offenem Mund da und weiß nicht ganz, wie ich mit dieser Begrüßung umgehen soll. Denn erstens habe ich keine Ahnung, woher der Kleine das weiß und zweitens hatte ich zumindest mit einem *Hi* gerechnet. Ein Navigationsgerät würde jetzt die Meldung schieben, dass die Route neu berechnet werden muss. Ungefähr so fühlt es sich an, als ich verzweifelt nach einer Ansage suche, die mich nicht wie den größten Waschlappen aller Zeiten dastehen lässt.

„Ich schwöre dir, ich wollte es ihr wirklich beichten, aber mich hat im letzten Moment der Mut verlassen“, beteuere ich, einfach weil es zu hundert Prozent der Wahrheit entspricht und ich einen katastrophalen Tag hinter mir habe.

Die Enttäuschung, die sich wie in Schatten über Georges Gesicht legt, tut mir im Herzen weh und ich fühle mich hilflos und schwach, zwei Wörter, die so in meinem Wortschatz noch nie vorgekommen sind.

„Du bist so ein Honk!“

Okay, das hab' ich verdient. „George, es tut mir leid. Können wir drin weiterreden?“

Der kleine Nerd schnauft. „Komm rein!“

„Weißt du, Camila hat sich krank gemeldet und bleibt noch bis morgen hier und ich habe es einfach nicht übers Herz gebracht, ihr das Herz zu brechen.“

Wir gehen rauf in sein Zimmer und ich schäme mich für meine Unzulänglichkeiten, die jetzt mehr denn je zutage kommen.

„Und was ist dein Plan? Camila montagabends oder Dienstag in aller Frühe das Herz brechen, bevor sie den Bus zurück nach Hause nimmt?“ Georges Stimme trieft nur so vor Sarkasmus.

„Ich klär es heute, das verspreche ich dir.“

„Nein, wirst du nicht!“ Der sonst immer so gutgelaunte süße Bursche starrt mich wütend an.

„Wie bitte?“

„Zuerst will ich wissen, was ich für dich bin. Einfach nur ein schnelles, praktisches Mittel, um Druck abzubauen oder ist da mehr?“

Ich schlucke. „George, du weißt doch, dass du mir viel bedeutest.“

„Tue ich das?“

Jetzt bin ich es, der schnauft. „Junge, ich hab‘ dich echt ins

Herz geschlossen, dreh mir jetzt keinen Strick daraus!“

Georges Unterlippe zittert und wenn mich nicht alles täuscht, kämpft er mit den Tränen. „Das Problem ist, dass du mir noch nie gesagt hast, wo wir stehen, ob wir uns auf Augenhöhe befinden oder ob es etwas ist, worauf man bauen kann.“

Der Kloß in meinem Hals wird immer größer und ich kann nur erahnen, dass er gerade so ziemlich alles in Frage stellen muss.

„George, das ist alles vollkommen neu für mich und ich bitte dich um Verzeihung, dass das echt nicht einfach ist. Alles, was ich weiß ist, dass ich dich will und mit dir zusammen sein möchte und dass ich bereit bin, mein Leben für dich umzukrempeln.“

Der Nerd steht da wie ein Hochleistungssportler, der gerade die anstrengendste Trainingseinheit seines ganzen Lebens hinter sich gebracht hat und mein erster Impuls ist, ihn in den Arm zu nehmen, was ich dann auch tue.

Irgendein Gefühl sagt mir, dass er gerne noch ein paar Dinge loswerden würde, aber vielleicht ist die Umarmung gerade wirklich die beste Erste Hilfe für den kleinen Tanzkönig.

Dicke Tränen kullern ihm über die Wangen und wir halten einander einfach nur, ohne groß was zu sagen.

„Wenn du mich verarschst, schaffe ich mir einen Hund an, richte ihn ab und sorge dafür, dass er deine Eier zum Frühstück kriegt!"

Ich kann mir ein Lachen nicht verkneifen. Charmant wie stets der süße Held!

„Dann hoffe ich mal, dass du dir so einen Handtaschenköter zulegst, die richten nämlich sicher keinen großen Schaden an", kontere ich und drücke meine Lippen auf seine.


George


Je näher der Anschlussball kommt, desto mehr hinterfrage ich alles, was in den letzten Wochen passiert ist. Ich dachte immer es gibt für alles Anleitungen im Internet aber wenn man Nerd und Quarterback kombiniert mit Beziehung in die Suchmaschine eingibt, bekommt man maximal billige Einhandlektüre, was man nicht findet, ist eine Handlungsanweisung für das reale Leben. Vermutlich ist das auch schon Dutzende Male verfilmt worden, aber noch nie in Wirklichkeit passiert. Ich fühle mich etwas wie Lady Gaga in *A Star is Born*.

Ich weiß, dass Floris Nebelkrähe den Abflug gemacht hat. Ob in dem Glauben, dass Samstag der Abend ihres Lebens wird oder ob Floris ihr doch noch das Herz gebrochen hat, kann ich nicht sagen. Ich kann mich nur auf das verlassen, was Floris mir sagt und das ist aktuell herzlich wenig. Ich bin mir nach wie vor nicht sicher, ob er wirklich die Eier hat, am Samstag sein Coming out vor Gott und der Welt zu haben und je länger ich darüber nachdenke, desto unsicher werde ich mir auch, ob *ich* das überhaupt möchte.

Ich liege auf meinem Bett, starre auf mein Smartphone und warte nur darauf, dass Floris mir mitteilt, dass er es nicht schafft. Dass das Gespräch mit Camila für ihn der reinste Horror war, glaube ich gern, aber vermutlich war es ein Kinderspiel gegen das, was er heute vor hat, denn er möchte nach dem Training mit seinem besten Freund Aaron reden und klar Schiff machen. Also vorausgesetzt Camila hat noch was von seinen Klöten übriggelassen. Denn dann wird wohl sein Bester ihm heute den Rest abreißen, zerkauen und ausspucken. Ich schmunzle kurz, als ich mir das ganze bildlich vorstelle und mein Handy vibriert. Was zum Teufel will Tante Susan?

„Lieblingstante, wie geht es dir?“, begrüße ich Susan freundlich und wir wissen beide, dass es, auch wenn ich es sarkastisch betone, die Wahrheit ist.

„Ich mache mir etwas Sorgen um dich. Denn ich habe gehört, dass du deine Hemden in die Reinigung gebracht hast und das sagt mir irgendwie, dass du nicht planst mich zur Ballkönigin zu machen“, erwidert Susan ruhig und ich grinse.

„Susan, ich weiß nicht, wie ich es dir sagen soll, aber es ist der aktuelle Jahrgang und nicht die Klasse von 1982“, kontere ich und ich ehrlich gesagt bin ich nur so mutig, weil sie gerade am anderen Ende der Stadt ist.

„Ist etwas an dem Gerücht dran, dass du dich in den zukünftigen Ballkönig verguckt hast?“, fragt Susan vorsichtig und mir fällt vor Schreck das Telefon aus der Hand. Ich hebe es wieder auf und halte es mir mit zitternden Händen an meine Ohren. „Wie, also woher …?“

„Camila hat mich angerufen und sie hat mich bepöbelt, weil mein Tanzlehrer ihr den Kerl ausgespannt hat.“ Susan grinst vermutlich gerade bis über beide Ohren.

Ich hoffe, dass sich gleich an Ort und Stelle ein Loch auftut, in das ich hineinspringen und für immer verschwinden kann.

„Es tut mir leid“, sage ich leise und Susan lacht.

„Die kleine Zicke soll mal den Ball flach halten. Floris wird schon seinen Grund haben, warum er deinen knochigen Arsch schöner findet als den Schinken von Camila." Auf meine Tante ist wirklich Verlass!

„Susan!", blaffe ich gespielt empört und gleichzeitig weiß ich, dass ich die beste Tante der Welt habe.

„Wenn du irgendwas brauchst, lass es mich wissen. Ich bin stolz auf dich und ich liebe dich. Auch wenn es sicher ganz Marina schockieren wird, aber es wird Zeit, dass unser altmodisches Städtchen mal aus dem Dornröschenschlaf erwacht. Ich muss dann auch gleich mal los, ich gebe noch zwei Privatstunden heute. Hab dich lieb", sagt Susan und legt auf, bevor ich etwas sagen kann.

Ich grinse und das nicht nur in mich herein. Ich bin wahnsinnig froh, dass Susan mich so unterstützt und hoffe inständig, dass Floris in seiner Familie und in seinem Umkreis solchen Support erhält.


Floris

Die Wahrheit tut meistens weh und mir ist klar, dass Camila es doppelt hart trifft, dass ich sie nicht wegen eines anderen Mädchens verlasse, sondern für einen Jungen. Nachdem ich mir sämtliche Beschimpfungen und Vorwürfe geduldig angehört habe, hat sie mir geweissagt, dass es das Ende meiner Footballkarriere bedeutet und ich nie wieder so einen Glücksgriff wie sie landen werde.

Gut, ich habe mich zurückgehalten und es runtergeschluckt, dass ich diese Prognose gar nicht so schlimm finde – ich wollte den Bogen wirklich nicht überspannen.

Jetzt allerdings, wo meine Experle auf dem Weg zurück nach San Francisco ist, steht das längst überfällige Gespräch mit Aaron an, dem ich feigerweise schon die ganze letzte Woche aus dem Weg gegangen bin. Das Footballtraining ist vorüber und ich lasse mir absichtlich lange Zeit in der Umkleide, kassiere noch eine selbstgefällige Predigt vom Trainer, dem wohl auch auffällt, dass ich nicht hundertprozentig bei der Sache bin und verstaue meine verschwitzte Sportkleidung in der Tasche.

Alle anderen bis auf Aaron haben es ziemlich eilig, nach Hause zu kommen und so sitze ich schon bald alleine mit meinem Besten auf der schon etwas abgeranzten Holzbank.

„Ich hab' mit Camila Schluss gemacht", starte ich die Aussprache, vor der ich mich fast mehr fürchte als vor allen anderen Herausforderungen der nächsten Tage.

Aaron kratzt sich am Hinterkopf. „Was? Spinnst du? Was ist eigentlich los? Du drehst ja ziemlich am Rad, für eine Midlife-Crisis bist du aber zu jung, Mann!"

Ich schnaufe. „Na ja, es bringt ja doch nichts, um den heißen Brei herumzureden. Ich habe was mit einem Jungen am Laufen."

Mein Bester schaut mich fragend an. „Was meinst du?"

„Na, ich date einen Jungen. Ganz einfach"

Es folgt eine Stille, die mein Herz schwer werden lässt. Dann lacht Aaron laut los.

„Ha! Der war gut! Lass hören, geht sie in unsere Klasse? Oder ist es doch Olivia aus der Achten?"

„Hörst du mir nicht zu? Alter, ich treffe mich schon seit Wochen mit George!"

Aaron schaut mich mit großen Augen an und seine Kinnlade klappt runter.

„Es war am Anfang einfach nur harmloses Herumgeflirte

und ich habe gemerkt, dass ich echt gerne Zeit mit ihm verbringe, aber fuck, es ist echt irre besonders mit ihm und er tut mir gut und ich habe keinen Bock mehr, das geheim zu halten", erzähle ich weiter.

Mein Kumpel setzt sich hin und schluckt. „Hast du völlig den Verstand verloren? Ich meine, es ist mir ja gleich, mit wem du dein Bett teilst, aber denk doch bitte an deine Zukunft und sorry, aber der Obernerd? Echt jetzt?"

Ich räuspere mich. „Erstens, nenn ihn nicht so, er ist schwer in Ordnung und zweitens, glaub mir, das bereitet mir mehr schlaflose Nächte als du denkst. Denn eines ist klar, ich kann mein Stipendium nicht aufgeben."

„Was haben deine Eltern dazu gesagt?"

Ich senke den Kopf. „Die wissen nur, dass das mit Camila vorbei ist. Die Sache mit George muss ich ihnen erst sagen."

„Na in deiner Haut will ich jetzt echt nicht stecken!"

„Danke, das ist gerade sehr hilfreich", kontere ich.

Aaron grinst dreckig. „Na dann hoffe ich mal und lass mich jetzt bitte nicht den Glauben an dich und die gesamte Menschheit verlieren, dass *du* der Kerl im Bett bist!"

Ich lecke mir die Lippen und kicke mit meiner Fußspitze

gegen Aarons linkes Schienbein. „Alter, du kannst aber auch nur an das Eine denken!" Ich schmunzle geheimnisvoll und füge hinzu: „Klar, was denkst du denn?"

„Bilder!", spottet mein Bester und er verpasst mir einen unsanften Schlag in die Seite. „Du Maschine! Na irgendwie kann man's dem Nerd ja auch gar nicht verdenken. So hässlich bist du echt nicht!"

Wir lachen beide und es tut echt gut, dass zumindest zwischen uns wieder alles klar ist.

„War das der Grund, warum du in letzter Zeit so komisch warst?", fragt Aaron neugierig.

„Äh, ja, schon."

Mein Kumpel schüttelt den Kopf. „Verheimlich mir nie wieder was! Du hättest viel eher ehrlich sein müssen!"

Etwas niedergeschlagen nicke ich. „Ja, ich weiß. War dumm. Kommt nie wieder vor, versprochen!"

George

Warum meine Tante mir eine Playlist mit lauter romantischen Songs geschickt hat, weiß ich nicht, aber irgendwie scheint sie von dem Gedanken besessen zu sein, dass Floris und ich ein Happy-End kriegen sollen. Wie viele Dinge und Gründe dagegensprechen, will ich ihr nicht unbedingt vor den Latz knallen, also lasse ich LeAnn Rimes im Hintergrund dudeln, während ich meinen kleinen Hintern in die enge Anzughose verpacke.

Floris war die letzten Tage sehr kurz angebunden gewesen, auf meine Frage, ob er denn überhaupt zum Ball geht, hat er ausweichend reagiert. Gesehen haben wir uns nicht und ich muss sagen, ich hasse mich dafür, dass ich ihn so doll vermisse. Aber ich weiß, sein Leben hat sich ziemlich auf den Kopf gestellt und er wird einfach Zeit für sich brauchen.

Ohne Begleitung zum Ball zu gehen, empfinde ich nicht als Schande. Es ist eine Bürde, die denen vorbehalten ist, die unglücklich verliebt sind oder einfach nicht den Richtigen oder die Richtige gefunden haben. Nicht jeder kann ein Glückspilz sein!

Als ich mich am Abend des großen Balls auf den Weg zur Schule mache, bekomme ich noch ein paar mitleidige Blicke meiner Mutter und ich muss ihr mehrmals versichern, dass ich okay bin.

Die Turnhalle erstrahlt in bunten Lichtern, das Thema der Veranstaltung – Liebe durch die Jahrhunderte – ist in jedem Detail der Deko erkennbar. Herrlich altmodische Blumengirlanden schmücken die sonst eher triste Sportstätte, in einer Ecke gibt es einen Stand wo Liebesäpfel angeboten werden, die Bühne ist ein einziges Meer aus Herzen und Blüten – Kitsch as Kitsch can! Eltern von anderen Schülern schenken Erdbeerpunsch aus und der DJ switcht zwischen 90er Jahre Boyband Balladen und Sarah McLachlan hin und her. Ein bisschen weird, aber irgendwie hat der Mix durchaus was!

Mir stockt der Atem, als ich Aaron, Floris' besten Kumpel erblicke. Der Kerl trägt einen echt hotten Anzug, der so körperbetont ist, dass er damit auch locker Werbung für Muskelaufbaupräparate machen könnte. Suchend scanne ich Aarons nähere Umgebung ab, kann aber Floris nirgendwo ausmachen. Dann, ganz plötzlich biegt er um die Ecke und ich erstarre.

Floris trägt einen maßgeschneiderten weißen Anzug, dazu ein dunkelblaues Hemd aus Seide, das sanft im grellen Licht glänzt und ich weiß nicht, wo ich zuerst hinschauen soll. In seine blauen Augen, auf seine Lippen, die sich in diesen Momenten zu einem Lächeln formen, als er mich erblickt oder auf seine Körpermitte, die zwar gut verbirgt, was da zwischen den Oberschenkeln schlummert, es aber nicht ganz leugnen kann, dass Floris mit einem Gemächt gesegnet ist, wofür ihn vermutlich alle anderen Jungs beneiden.

Meine Knie werden weich, als er auf mich zukommt und in diesem Moment wird das Licht gedimmt und gefühlt blicken alle Augen jetzt auf uns.

Meine Kehle trocknet aus und ich weiß gerade nicht, ob ich phantasiere oder das wirklich geschieht.

Floris steht mir gegenüber, nimmt meine Hand und ich spüre den Boden unter meinen Füßen nicht mehr. „Darf ich um diesen Tanz bitten?"


Floris


George sieht ein bisschen aus, als hätte er einen Schlaganfall, was mich für ein paar Sekunden ehrliche Sorge um seine Gesundheit empfinden lässt. Bis er seine Sprache wiederfindet, dauert es etwas. Seine Hand ist kalt und ich spüre deutlich, wie heftig er zittert. Aaron steht jetzt hinter mir, strahlt wie ein Honigkuchenpferd und ich denke, er freut sich ehrlich mit mir, dass ich endlich die Eier gefunden habe, zu dem zu stehen, was ich fühle.

Ein paar Gesichter spiegeln Überraschung und vielleicht sogar Empörung wider, aber die meisten zeigen aufrichtige Freude darüber, dass ein Mensch einem anderen zeigt, dass er ihn gern hat.

„Floris Huisman, du bist immer wieder für eine Überraschung gut!", tönt George stotternd und er muss aufpassen, dass er nicht stolpert, als er mich zur Tanzfläche begleitet.

„Gut so", erwidere ich ruhig und muss aber gestehen, dass auch mein Herz ziemlich rast.

Die Klatschmäuler der Schule haben sich während der letzten Tage schon die Mäuler über mich zerrissen, aber ich habe gelernt, damit umzugehen. Wer es bisher nicht wusste, dass ich in George Sawyer verliebt bin, der weiß es jetzt. Ich ignoriere den Umstand, dass mein Vater den Tombolastand betreut und fix sehen kann, dass ich mit dem süßesten Nerd der Schule, einem Jungen das Walzertanzbein schwinge.

Ich bin fasziniert, wie schnell George sich meiner Tanzführung unterordnet und wir finden schnell in den Song *Kiss from a Rose* von Seal hinein. So kitschig es klingen mag, es ist wirklich ein bisschen wie Schweben. Georges ganzer Körper bebt und seine Wangen glühen. Aber auch mein Herz rast, ich bin so unglaublich stolz auf den kleinen Spinner, dass ich gerade am liebsten die ganze Welt umarmen möchte.

Irgendwo sehe ich es in Georges Augen glänzen – heult er? Es ist egal, wenn, dann hoffe ich vor Glück! Plötzlich ergibt alles Sinn, alle Irrungen, Wirrungen und Holpersteine haben uns zu diesem Abend geführt und auch wenn die Zukunft ungewiss ist – ich möchte George am liebsten für immer festhalten und nie wieder loslassen. Wie wir die Herausforderung meistern, weiß ich nicht, Michigan ist echt verdammt weit weg, aber angeblich findet Liebe doch immer ihren Weg. Vielleicht muss ich einfach nur Vertrauen haben.

Alles in mir sehnt sich nach Georges Lippen und soll mich doch der Teufel holen, ich kann es nicht erwarten, diesen unglaublichen Bengel hier und jetzt zu küssen! Die Standpauke, die mein Dad mir halten wird, lache ich jetzt schon weg!

Ich ziehe George fest an mich heran und drücke meine Lippen auf seine und schmecke erneut den Himmel auf Erden. Wie aus weiter Ferne höre ich unsere Mitschüler und Lehrer laut klatschen und johlen, eine Geste, mit der ich überhaupt nicht gerechnet habe. Ich habe für ein paar Momente die Augen geschlossen, genieße Georges Nähe und den Austausch von Zärtlichkeit in dieser doch recht öffentlichen Szenerie und

als ich sie wieder öffne, spüre ich ein vertrautes Schulterklop-
fen von Aaron und sehe ihn breit grinsen.

„Gut gemacht, Bro!“

Außerdem als E-Book erhältlich:

Holly Bell – Liebe auf den zweiten Kaffee

Wien, Österreichs Metropole für Kunst und Kulinarik, wird für Matthias nicht nur ein Neuanfang, sondern auch die Location für seine erste ganz persönliche Liebesgeschichte, in der er selbst die Hauptrolle spielt. Denn es ist Zeit, aus dem Schneckenhaus herauszukommen und das Leben zu umarmen. Vielleicht ist der gut aussehende Bursche mit dem sexy Undercut, der jeden Morgen seinen Cappuccino im besten Café der Stadt holt, das Sprungbrett in ein Abenteuer, das das Grau des Alltags vertreibt und zwischen Popcornvernichtungsmaschinen, tanzenden Kröten, einer Undercoverspionin Schrägstrich besten Freundin und Handschellen Platz macht für die eine, die große Liebe.

Holly Bell – Superheldenherz

Es ist Frühling in Hamburg und für Max, der in seinem jungen Dasein schon unfassbar Schweres erlebt hat, ist die Begegnung mit dem smarten Rebellen Fin Liebe auf den zweiten Blick, aber der erste Schritt zurück ins Leben. Welch grauenvolle Last Fin zu tragen hat, ahnt Max im Taumel der unschuldigen Liebe nicht. Doch das Schicksal schläft nicht und so kommt der Tag, an dem sich die beiden Jungs einer harten Prüfung stellen müssen. Auf dem Boulevard der zerbrochenen Träume, wo Schuld und Hoffnung schwerer wiegen als das Leben selbst, wird die alles entscheidende Frage beantwortet, nämlich ob die beiden Helden ihr Wunder bekommen oder nicht!


Holly Bell – Ein Musher zum Verlieben

Xaver, mit beiden Beinen fest im Leben stehender Workaholic, kann es kaum fassen, als sein Chef ihn, als Bonus für die hervorragenden Arbeitsleistungen ins obere Mühlviertel auf einen Hundeschlittenführerkurs schickt. Nachdem schon die Anreise alles andere als reibungslos verläuft, verlangen die Anforderungen im sportlichen Abenteuer dem jungen Kerl so ziemlich alles ab. Doch da gibt es diesen einen attraktiven Lehrer, Kassian, seines Zeichens Naturbursche und eigentlich genau das Gegenteil von Xaver, der für Motivation und Herzklopfen sorgt. Aus Spaß wird Ernst und so entstehen zarte Bande, die sogar das Eis des Böhmerwaldes zum Schmelzen bringen. Und die Frage aufwerfen, wie man aus zwei komplett unterschiedlichen Lebenswegen einen gemeinsamen machen kann. Begleiten Sie Xaver und Kassian auf ihrer turbulenten Reise mit einem bunten Haufen energiegeladener Huskys, zwei Wölfen, einem unvergesslichen Eichhörnchencurry, einer entlegenen Waldhütte und einer roten Jacke durch atemberaubende Naturkulissen.


Holly Bell – Erdbeeren melken

Eigentlich will Kuno, der unbedarfte, hart arbeitende Bursche vom Land, nur tiefer eintauchen in die Welt seiner Comic-Superhelden und schaltet deshalb eine Anzeige in einem Internetforum, um mit Gleichgesinnten in Kontakt zu treten. Prompt bekommt er eine Antwort vom vorlauten Domek, der zwar meilenweit weg wohnt, aber mit seiner großen Klappe und dem großstädtischen Charme den Bauernbengel auf andere Gedanken bringt! So kommt es, wie es kommen muss und zu den anfänglich noch unschuldigen Nachrichten gesellen sich freche Ansagen, lustige Anekdoten und die Hoffnung auf ein ganz besonderes Treffen...


Holly Bell – Rio Adoro

Tim Thomson, jung, gutaussehend, erfolgreich, Profikicker, trifft im Urlaub in Rio de Janeiro auf den mittellosen Straßenjungen Gabriel, der nur den täglichen Überlebenskampf in den Favelas und bittere Armut kennt. Zwei Welten prallen aufeinander, eine zarte Lovestory nimmt ihren Anfang und stellt die zwei Jungs vor die härteste Probe in ihrem Leben. Zwischen gnadenlosen Gangstern, korrupten Polizisten und jeder Menge prickelnder Romantik unter der Sonne Südamerikas entspinnt sich ein freches Coming-of-Age-Drama der etwas anderen Art. Rio Adoro lädt Sie ein, die aufregendste Stadt der Welt neu zu entdecken, mit Erotik, Humor, Thrill & Crime und zwei Titelhelden, die Sie im Fußballumdrehen ins Herz schließen werden!